バリの賢者からの教え

ローラン・グネル
河村真紀子 訳

二見レインボー文庫

"L'HOMME QUI VOULAIT ÊTRE HEUREUX"
de Laurent GOUNELLE

愛するゾエへ

人は心のままに在る。
人の心によって、世界は成り立つ。
——ブッダ

目次
Contents

月曜日　幸せになれない理由
01 有名な治療師 …… 10
02 身体を調べる …… 17
03 「あなたは不幸な人ですね」 …… 18
04 彼女が美しい理由 …… 23
05 楽園 …… 50

火曜日　思い込みの犠牲者たち
06 ハンスとクローディア …… 60
07 思い込みの影響 …… 69
08 ガムランのコンサート …… 91
09 ウミガメの神秘 …… 103

水曜日　新しく発見したこと
10 アマンキラで …… 112
11 「幸せ」について考える …… 121

木曜日　立ち向かうべき課題

12 僕が怖がっているもの …… 132
13 「ノー」を集める …… 165
14 ゲームを終えて …… 183

金曜日　そして僕は決断をくだす

15 理想を現実にする方法 …… 188
16 運命の主人 …… 211
17 侵略者 …… 241

土曜日　さよなら、サンチャン先生

18 最後のセッション …… 264
19 山に登る …… 272

エピローグ

20 人生を選ぶのは誰か …… 278

訳者あとがき …… 282

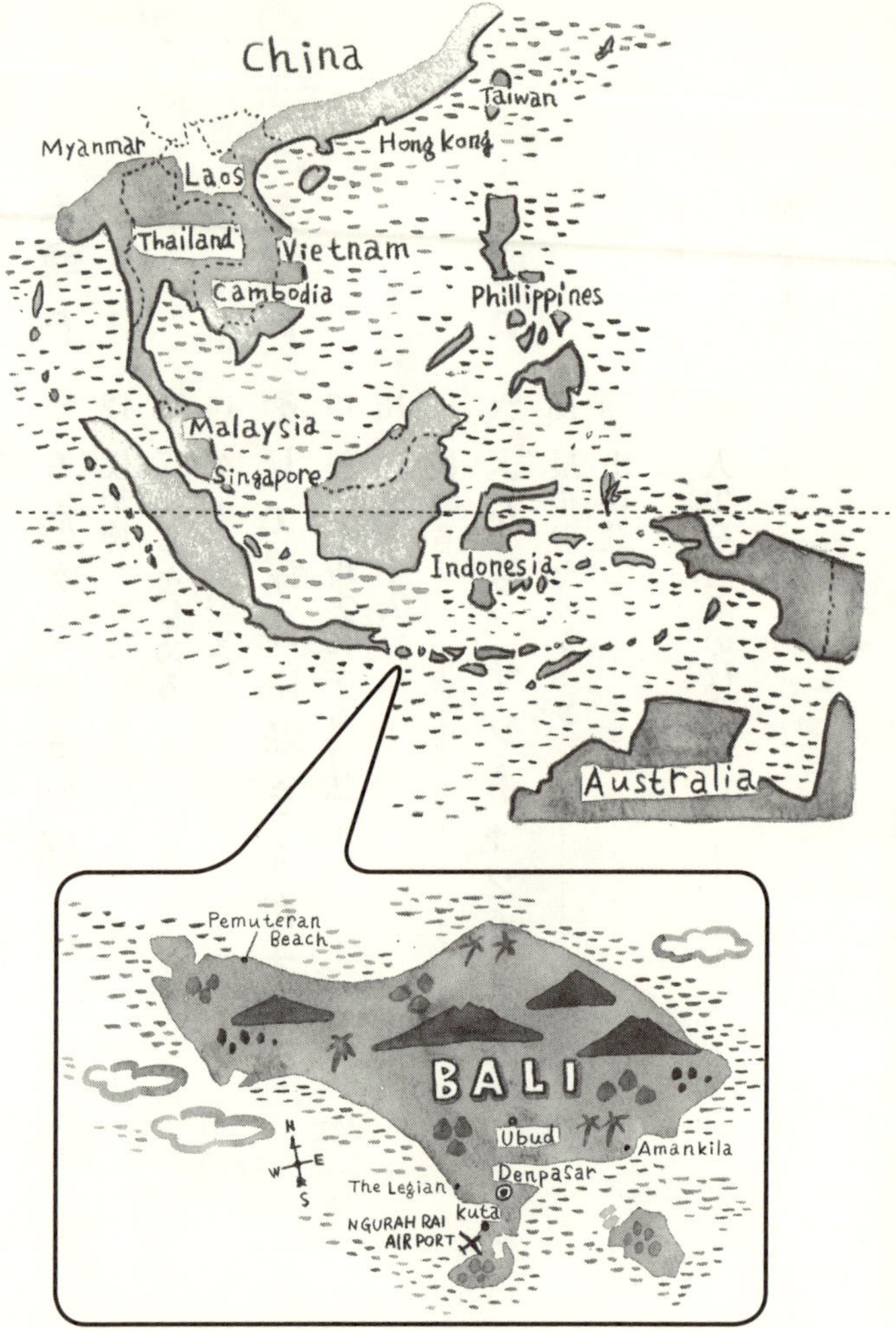
China
Taiwan
Hong kong
Myanmar
Laos
Thailand
Vietnam
Cambodia
Phillippines
Malaysia
Singapore
Indonesia
Australia
Pemuteran Beach
BALI
Ubud
Amankila
Denpasar
The Legian
Kuta
NGURAH RAI AIRPORT
N
E
W
S

月曜日

幸せになれない理由

01

有名な治療師

バリ島を発つ前に、どうしても会っておきたい人物がいた。巷《ちまた》で有名な、かの治療師だ。

なぜだかはわからない。体調がよくなかったわけじゃない。むしろ、健康そのものだった。

僕は謝礼にいくら必要なのか調べてみた。休暇も終わりに近づき、財布が空に近かったのだ。だが、遠い自国の銀行口座を確かめるまでもなかった。その人物を知る人たちがこう言ったのだ。

「自分で料金を決めて、棚の上の小さな箱に入れるのです」

そうか。日本の首相の病気を治したとかいう治療師に小額しか払わないのはどうかと思ったが、それでもほっとした。

その人の家はなかなか見つからなかった。島の中央部にあるウブドから数キロ離れた小さな村に、ひっそりと建っていたからだ。理由は知らないが、この国には道路標識がほとんどない。目印がないので地図も役に立たないし、おまけに電波が届かないので携帯も使えない。

それでもまだ手段は残っていた。通りかかった人に尋ねればよいのだ。僕は気にしないが、世の中の大部分の男たちは、そんな恥ずかしいことをしたら男がすたるとでも思っているようだ。「知ってるから、だいじょうぶ」などと言って、人に訊《き》くことをかたくなに拒む傾向にある。自分のいる場所がわかっているふりをして、最後には完全に道に迷い、妻にこう言われるのだ。「だから言ったじゃない、誰かに訊いてみましょうって」。

バリ島にいて厄介なのは、人々があまりに親切すぎて、何にでも「イエス」と答えることだ。ウソじゃない。たとえばもし、若い女性に「とてもおきれいですね」と言ったとしよう。その女性は美しい微笑みをたたえ、「イエス」と答えるだろう。あるいは道を尋ねると、何とかして人助けをしたいと思い、わからないなどとは言えなくなるようなのだ。したがって、方向を指し示す。たぶん当てずっぽうに。

だから僕はその家の庭の入り口に着いたとき、少々苛立《いらだ》っていた。

理由はうまく言えないが、もっと豪華な邸宅を想像していた。バリ島でときどき見かけるような、蓮《はす》の花が一面に浮かぶ池があって、淫《みだ》らなほどに魅惑的な芳香を放つ大きな白い花を咲かせたプルメリアの木が優しげな影を落とす家。

ところが、実際そこにあったのはいくつもの東屋《あずまや》であり、それは壁のない小屋がつながったようなものだった。庭も東屋もとても簡素で、飾り気がなかったが、だからといってみすぼらしくはなかった。

そこにひとりの若い女性が現れた。腰布《サロン》を身にまとい、黒い髪を束ねて後頭部でまとめている。浅黒い肌、小さくて形のよい鼻、つぶらな瞳。アジアの中心にひっそりと存在するこの民族の顔立ちには、いつもドキリとさせられる。

「こんにちは、ご用件は何ですか」

いきなり片言の英語で尋ねられた。一メートル九十の長身とブロンドの髪を見て、僕を欧米人だと思ったのだろう。

「じつは僕は……えっと……サンチャン先生に……お会いしたくて……」

「すぐにお呼びします」

彼女はそう告げて、東屋の屋根を支える小さな柱のつらなりと低木のあいだに消えていった。

僕はバカみたいに突っ立ったまま、偉大なる先生が、取るに足らない訪問者である僕に会いにきてくれるのを待った。ほんの五分ほどで、とはいえ、僕は果たしてここにいてよいのだろうかと考えるのに十分に長い時間ののち、若くて七十、いやおそらくは八十歳くらいの男性が歩いてくるのが見えた。

そのときまず心に浮かんだのは、もしも彼が街で物乞いしているのを見たら、きっと五十ルピア与えただろうということだった。僕は最近、老人にしか施《ほどこ》しをしない。年老いて物乞いをしているとしたら、ほんとうにそうするしかないのだろうと思うからだ。僕に向かってゆっくりと歩いてきた老人は、ぼろをまとっていたわけではなかったが、その衣服はこちらが拍子抜けするほどに質素で、何の装飾もない、古風なものだった。

正直に言うと、最初は人違いだろうと思った。その老人が海を越えて名声をとどろかせる有名な治療師にはとても見えなかったのだ。天賦《てんぷ》の才能はあっても、金儲《かねもう》けには興味がないのだろうか。日本の首相をはじめとする有名で裕福な人たちが治療のお礼として、はした金しか払わなくとも文句を言わなかったとしか思えない。

それとも、これは衣装なのか。治療師といえば、物質主義的なものを完全に絶った禁欲生活を送っているものだと考えている欧米人をターゲットにしていて、わざとこんなみすぼらしい風体で出てくるのかもしれない。そして、セッション(面談)の最後には巨額の謝礼を要求するのだ。

その治療師は僕に挨拶をし、とても穏やかで流暢《りゅうちょう》な英語で話しながら、普通に僕を迎え入れてくれた。きらきらした瞳が、褐色の肌に刻まれたしわと対照的だった。右耳が奇妙な形をしていて、まるで耳たぶの一部が切り落とされているように見えた。

僕はひとつ目の東屋に案内された。屋根は四本の細い柱で支えられていて、奥には古い壁があり、その壁に沿って棚——謝礼を入れる箱があるという例の棚だろう——、楠《くすのき》の箱があり、床にはござが敷いてあった。箱はふたが開いていて、資料のような書類がたくさん入っていた。そのなかに、人体の内部を描いた図版らしきものもあった。もしもそれを別の状況で目にしていたら、きっと思わず笑い出してしまっただろう。それほどまでに、現代医学の知識とかけ離れた、つたない人体図だった。

僕はバリの慣習に従い、入り口で靴を脱いだ。

老人は僕に、どんなことで悩んでいるのか、なぜ突然ここへやって来たのかと訊いた。

僕はいったい何をしに来たのだ？　具合が悪いわけではない。

老人に、無駄な時間をとらせるつもりか。

彼の治療師としての能力に関して、そのときはまだ何の確証もなかったが、信頼がおけるとは言わないまでも誠実な人物だろうと思いはじめていた。

僕はただ誰かに気にかけてもらいたかっただけなのだろうか。僕に興味を持ってくれて、僕のことを語り、もしかすると、僕がもっと元気になれる方法を教えてもらいたいと思っていたのだろうか。それとも、本能のようなものにつき動かされたのだろうか……。つまるところ、偉大な人物がいると教えられ、ならばぜひ会ってみたいと思っただけなのだろう。

「検診にうかがいました」

年一回の健康診断でもあるまいし、これでは追い返されてしまうかもしれないと思いつつ、顔を赤らめて言った。

「そこに横になってください」

老人はござを指して言った。

僕のくだらない答えには、何の反応もしなかった。

02

身体を調べる

こうして一回目の――そして、できれば最後であってほしい――人生初の拷問のようなセッションが始まった。最初は何の問題もなかった。仰向けになり、全身の力を抜いて、心を落ち着け、半分は楽しんでいた。老人は僕の身体の様々な場所に優しく触れ、僕はされるがままになっていた。頭から始まって首。腕から下へ指先まで。それから上半身、そして腹。そのときふと嫌な予感がしたが、腹からはそのまま尻の上部に移った。その次に膝、ふくらはぎ、かかと、足の裏、老人は余すところなく触れていった。さほど不快ではなかった。

最後に、老人は僕の足の指に触れた。

そのとたん、激痛が走った。

03

「あなたは不幸な人ですね」

左足の親指と人差し指のあいだをつままれるのが、こんなにもつらいとは思わなかった。僕はわめき、ござの上でのたうちまわった。遠くから見たら、漁師が釣り針に一メートル九十センチの餌をつけようとしているところに見えたに違いない。

僕は痛みに弱い性質《たち》だったのだろうか。いや、あのときの痛みは、それまでに経験したことのない強烈なものだった。

「痛みますね」と、老人が言った。

冗談じゃない！

「はい」という言葉も、うめき声に負けて届かない。叫ぶ力さえなかった。

僕が苦痛を訴えているからといって、老人は申し訳ないと思う様子もなく、むしろ柔和で落ち着いたままだった。その表情には、僕に施す治療とはうらはらに優しさのようなものさえ浮かんでいた。

「あなたは不幸な人ですね」

老人はまるで病を宣告するかのように、突然そう言った。


その瞬間はたしかにそうだったかもしれない。自分が置かれたその状況に泣けばいいのか笑えばいいのかわからなかった。おそらく泣き笑いしていただろう。こんなバカなことをするのは、僕くらいだ。ビーチに出かけ、漁師たちと話をし、美しいバリの女性を眺めて、今日一日を楽しく過ごすこともできたのに。

「この場所に痛みを感じるのは、ごく一般的な欲求不満の状態にあるということです。普通の人はここを押さえても痛くないはずです」

と、老人は断言した。

そしてようやく、僕の足から手を離した。その瞬間、僕はこの世で一番幸せな男になった気がした。

「ご職業は何ですか」

「教師です」

老人は少しのあいだ僕を見つめ、そして離れていった。気がかりなことでもあるのか、考え込んでいるように見えた。

ひょっとして何か言ってはならないことを言ってしまったのではないか、あるいは何か失礼なことをしてしまったのではないかと僕は不安になった。老人は満開に咲いているブーゲンビリアのほうをぼんやりと見ていた。何かをじっと考えているようだった。

僕はどうすればよかったのだろう。帰るべきだったのだろうか。それとも、僕の存在を思い出させるように咳払いでもすればよかったのだろうか。しかし、そんな考えは、老人が戻ってきた瞬間に一掃された。老人は床に直《じか》に座り、僕の目をじっと見て言った。

「人生のなかで何がうまくいかないのですか？　身体はとても健康です。となると、何でしょう。仕事ですか？　恋愛ですか？　家族ですか？」

率直な質問だったし、その声も視線も穏やかだったが、老人がずっと目をそらさないので、僕には逃げ道がなかった。つい一時間前まで面識がなかったのに、自分をすべてさらけ出し、正直に答えなければいけない気がしていた。

「わかりません。でも、もっと幸せになれたらとは思います。まあ、誰だってそうでしょうが」

「他人のことは関係ありません。あなたについて尋ねているのです」

老人は静かに言った。

僕は老人に苛立ちを覚えた。怒りがこみ上げてくるのを感じながら、僕の勝手だ、あなたには関係ない、と考えていた。それなのに……。

「たとえば結婚でもしていたら、もっと幸せだったと思います」

なぜそんなことを言ってしまったのだ？　怒りの矛先《ほこさき》が今度は自分に向いた。

僕は、質問を受け流すということが、どうしてもできないのだ。まったく情けない話だが。

「それなら、なぜ結婚しないのですか」

ああ、そんなことまで言われたら、得意ではないが、決心をしなければならない。老人の話をさえぎってこの場を去るか、本腰を入れて最後まで話をするかだ。

僕は老人にこう答えていた。

「もちろん結婚はしたいですが、それには、まず女性に気に入られなければなりません」

「なぜ気に入られないのでしょうね」

「それはつまり、痩《や》せすぎだからです」

僕はうっかりそう言ってしまった。

恥ずかしさと怒りが混ざって、きっと顔が真っ赤になっていただろう。

04

彼女が美しい理由

ゆっくりと、ほとんどささやくような声で、ひとつひとつの言葉を区切って、老人は言った。

「あなたの問題は身体ではなくて、頭です」

「いいえ、頭じゃありません。問題は客観的なこと、現実的なことです。僕を体重計に乗せるか、そうでなかったら、胸板の厚さか腕の太さを測ってみてください。そうすればわかります。メジャーや体重計はウソをつきません。僕はへそ曲がりで神経質ですが、その影響もありませんから」

「問題はそのようなことではありません」

老人は相変わらず、落ち着いた様子でそう言った。

「言うのは簡単だ……」

「あなたの身体自体が問題なのではなくて、身体のことを女性にどう認識されているかを、あなたが気にしていることが問題なのです。実際、異性関係がうまくいくかいかないかは、外見とはほとんど関係ありません」

「僕の家の隣に住んでいる、団子鼻で体重百二十キロの女性にそんなことを言ったら、いつも食べているトリプルビッグマックを顔面にぶつけられて、ケチャップが鼻のなかを昇ってくるまでぐいぐい押しつけられますよ」

「顔立ちがとてもじゃないが美しいとはいえない人と、まずまずの容姿の人というカップルを見たことがあるでしょう？」

「ええ、もちろん」

「あなたと同じ問題を抱えている人は、大概、容姿は普通で、ごく小さな欠点に悩んでいます。唇が薄すぎるとか、耳が大きすぎるとか、腰に少し贅肉《ぜいにく》がついているとか、やや二重あごだとか、鼻が大きいとか低いとか。あるいは背が低いとか高いとか、太りすぎだとか痩せすぎだとか言って、実際はそうでなくても、あれこれ考えているうちにそう信じ込んでしまうのです。そうすると、自分を好きになってくれるかもしれない人に出会ったときに、妄想に駆られます。自分の欠点ばかり気にして、たとえば自分は背が低いから気に入られるはずがない、と思い込むのです。そうすると、どうなると思いますか？」

「どうなるのですか？」

「思い込んだとおりになるのです！　自分で自分をみっともないと思うと、他人からもみっともなく見えるのです。ですから、きっと女性たちはあなたのことを痩せすぎだと思っていますよ」

「はあ、やっぱり……」

「他人の目には、自分が自分に対して思っているように映るということです。ところで、好きな女優さんは？」

「ニコール・キッドマンです」

「彼女のことをどう思いますか？」

「素晴らしい女優だと思います。現代の名女優のひとりですよ。大ファンです」

「いえ、私が聞きたいのは容姿についてです」

「じつに美しい、見事です、超セクシーです」

「それなら、スタンリー・キューブリック監督の『アイズ・ワイド・シャット』は観ましたね？」

「アメリカ映画をご覧になるのですか。東屋に衛星受信機でもあるのですか？」

「私の記憶が正しければ、ニコール・キッドマンがトム・クルーズといっしょに全裸になるシーンがあったはずです」

「たしかにありました」

「クタのビデオショップへ行って、もう一度『アイズ・ワイド・シャット』を観てごらんなさい。あそこには、ビデオデッキを持っていない人のためのボックス席があります。そして、そのシーンで一時停止させて、注意深く観察するのです」

「それなら簡単にできそうです」

「しばらくのあいだ、その女性がニコール・キッドマンだということを忘れて、見知らぬ女性だと思ってください。そして、客観的に彼女の身体を眺めるのです」

「ええ……」

「あなたはきっと、いい女で美しい身体だが、完璧ではないと思うでしょう。お尻は可愛らしいが、もっとふっくらしているほうがいい、もうちょっと形がはっきりしているのがいい。胸は悪くないが、もっと豊満なほうがいいし、もっときれいにふくらんでいて、もうちょっと上のほうにあって、もっとツンとしているのがいい。顔の輪郭だって整っているし繊細だけれど、特別どこか美しいというわけではないとわかるでしょう」

「何がおっしゃりたいのですか？」

「ニコール・キッドマンくらい美しい女性なら、ごまんといるのです。街で毎日すれ違っているのに、気づかないだけです。つまり、彼女のほんとうの魅力は別なところにあるのです」

「はぁ……」

「ニコール・キッドマンはきっと、自分はすごく美人だと思っているのでしょう。すべての男性が彼女の虜《とりこ》になり、すべての女性が彼女に見惚《みと》れ、うらやむと確信しているのです。彼女はおそらく、自分は世界で一番美しい女性のひとりだと思っています。彼女が強くそう信じているから、ほかの人が見てもそう思うのです」

「そういえば、彼女は二〇〇六年にイギリスの雑誌『イヴ』で、世界で最も美しい女性五人のなかのひとりに選ばれていましたよ！」

「当然でしょうね」

「え？　何がですか？　どういうことですか？」

「私はさきほど、人は自分に対して抱いているイメージで、他人からも見られる傾向があると言いましたね。それが結果として表れたということです」

「ええ……」

「では、実験をしてみましょう。これから私が言うことを想像してみてください。事実かどうかは問題ではありません。ただしそれを事実だと信じてください。用意はいいですか」

「ここで、すぐにですか？」

「はい、今です。やりづらければ、目を閉じてもかまいません」

「では閉じてみます」

「さあ、あなたはとても美男子です。女性をひきつける大きな魅力があると確信しています。クタ・ビーチの砂浜を歩いています。まわりにはバカンス中のオーストラリア人女性がいます。どんな気分ですか？」

「いやあ、最高です。じつにいい気分です」

「それでは、あなたがどのように歩いているか、どのような姿勢をしているか、説明してください。いいですか、あなたは自分のことをとても美男子だと思っているんですよ」

「僕の歩く姿は……何というか……自信たっぷりで、とてもリラックスしています」

「表情はどうですか？」

「ごく自然に少し微笑んでいます。背筋をすっと伸ばして顔を上げ、まっすぐ前を見ています。落ち着いていて、自信に満ちてもいます」

「いいでしょう。では今度は、女性たちがあなたをどう見ているか想像してみてください」

「はい、当然のことながら、僕には……何というか……何らかの魅力が……」

「女性たちはあなたの腕の筋肉や胸板をどう思っていますか？」

「えっと……それは、女性たちはあまり気にしていません」

「では、目を開けてください。ほら、女性たちはあなたの内側から湧き出てくる魅力にひかれるのです。そしてそれは、あなたがあなた自身に対して持っているイメージから生まれています。自分に対して何らかのイメージを抱いていると、それが肯定的なものであれ否定的なものであれ、行動に表れるのです。


つまり、自分が持つイメージをいつも他人に示しているということです。そしてそれが、心が生み出したものに起因するとしても、他人にとっての現実となり、自分にとっても現実になるのです」

「そうかもしれません。なんとなくわかります。具体的にではありませんが」

「だんだんとはっきりわかってきます。いろいろな例を通して、あなたには人生のほとんどすべてが、思い込みに起因しているということに気づいてもらうつもりです」


僕はいったいどこに足を踏み入れてしまったのだろうと思いはじめていた。その後の僕と老人の会話、やりとりが僕の人生を大きく変えてしまうことになろうとは、そのときは考えもしなかった。

「いいですか」と老人が口火を切った。

「想像してください。あなたは自分が話し下手《べた》で、何の面白味もない人間だと思い込んでいます」

「どちらかというと、さっきの実験のほうが……」

「ほんの二、三分のことです。いいですか、そうすると当然、あなたといっしょにいても、誰も楽しくありません。そうなったらどんな気持ちになるでしょう。想像できますか？」

「はい、泣きたくなります……」

「そのままの状態で、その気持ちを覚えておいてください。そして今度は、同僚か友人と昼食をとっているところを想像してみましょう。さあ、食事の状況を説明してみてください」

「同僚がずっと話しています。バカンスの話です。僕はたいしたことを言っていません」

「そのままの状態で、でも今度は努力をしてみましょう。あなたもバカンス中の出来事を話すのです」

「少し時間をください。想像してみます……。できました。でも、努力の成果はあまりありません。僕の話なんて誰も本気で聞いていません」

「そうでしょう。自分は面白味のない人間だと思い込んでいるから、人をひきつけるような話し方ができないのです」

「はあ……」

「たとえば、あなたは無意識のうちに同僚をイライラさせるのを恐れていて、おそらくは気づかないうちに早口になっています。そのうえ、間《ま》を置かずに話しているでしょう。あまり時間をとらせないように、退屈させないようにと焦るからです。だからあなたの話はまったくインパクトがなくて、つまらなくなってしまうのです。

あなたは自分でもそれを感じて、『僕はなんて話が下手なんだ』とつぶやいたのではありませんか。その結果、あなたはどんどん悪い方向に流されていきます。そして必然的に、あなたの同僚のうちのひとりが会話の主導権を握り、別の話題へ移っていきます。ほかのみんなはあなたが話をしたという事実も忘れてしまうでしょう」

「そんな……」

「どんなことであれ、信じ込んだことが現実に、目の前の現実になるのです」

僕は実験の結果にかなり動揺していた。

「なるほど……。しかし、そんなふうに思い込む人がいるのですか？」

「あなたは違うかもしれませんが、そういう人もいるのです。人はそれぞれ自分自身について異なった思い込みをしています。これは単なる一例です。

では、身体は同じで、逆の思い込みをしている状況を想像してください。あなたは、自分は人の興味をひくことができる、影響力の強い人物だと思い込んでいます。同僚たちとランチをしているときに、気の利《き》いた話ができるという自信があります。仲間を笑わせたり、驚かせたり、あるいは単にみんなの注意を集めたりできると確信していて、そのうえで自分がどのように話すかを想像してください。おそらく、好ましい結果を期待しながら、時間をかけて、声のトーンを調整しながら話をするでしょう。緊張感を高めるために、沈黙の間をうまく置くこともできます。するとどうなるでしょう？　誰もがあなたの話に夢中になります」

「自分の思い込みが現実になるということはわかりました。しかし、ひとつ質問があります」

「どうぞ」

「自分自身に対して、それが肯定的なものであれ、否定的なものであれ、人はどのようにして思い込みを始めるのでしょうか」

「答えはいくつか考えられるでしょう。まず、自身について他人から言われることがきっかけになる場合があります。何らかの理由で、その人物が自分の目から見て信用に値するとわかると、その人の言葉を信じることができるわけです」

「両親とか、ですか？」

「もちろん最初は、両親や自分を育ててくれる人物です。小さな子どもは両親からじつにたくさんのことを学びます。そして、少なくともある年齢までは、両親が言うことをすべて受け入れる傾向にあります。それが記憶に刻まれ、自分自身のものとなるのです」

「たとえば？」

「両親が子どものことを可愛くて賢いと思い、絶えずそう言い聞かせていると、子どもは自分は可愛くて賢いと思うようになり、自分にとても自信を持てるようになります。ですが、結果はつねによいことばかりではありません。やや傲《ごう》慢《まん》な子どもにもなるでしょう」

「ということはつまり、僕が自分の容姿に自信がないのは両親のせいだということですか？」

「いえ、必ずしもそうではありません。これからお話ししますが、自分自身についても持っているイメージの根源として考えられるものは、たくさんあります。それに、他人から受ける影響に関して言えば、影響を受けるのは両親からだけではありません。たとえば、教師にどう見られるかも、肯定的であれ否定的であれ同じように大きな影響を受けることがあります」

「そういえば、僕は中学一年まで数学の成績がとてもよかった。二十点満点のテストで、平均十八点でした。ところが中学二年になって、授業のたびに、クラス全員に向かって、『あなたたちはみんなバカなのよ』と言う教師にあたったのです。よく覚えています。その女の教師はいつも怒ってばかりで、怒鳴るといつも首に青筋が立っていたものです。その学年の終わりには平均点は四点になっていました」

「あなたはきっとその教師が言ったことを信じたのでしょう……」

「おそらく。しかし、正直に言えば、クラスメイト全員が僕と同じように平均点が四点だったわけではありません」

「きっとほかの生徒たちは、先生の意見に対して、あなたほど敏感ではなかったのでしょう」

「それはわかりませんが……」

「一九七〇年代に、アメリカの大学で、ある実験が行なわれました。研究者たちは、まず年齢とＩＱテストの結果が同じ子どもたちを集めました。つまり、その子どもたちはみんな、テストによれば、知能レベルが同じということです。次に、その子どもたちをふたつに分け、ある注意事項を添えて、それぞれのグループを教師に託したのです。

ひとつ目のグループの教師には、《通常どおりのカリキュラムで指導を行なってください。ただし、参考までに、この子どもたちは平均より知能レベルの高い子どもたちです》という注意事項が与えられました。そして、ふたつ目のグループの教師には、《通常どおりのカリキュラムで指導を行なってください。ただし、参考までに、この子どもたちは平均より知能レベルの低い子どもたちです》と伝えました。

一年間授業を行なったあと、研究者たちはすべての子どもたちにＩＱテストを受けさせました。すると、平均的に見て、ひとつ目のグループの子どもたちがふたつ目のグループの子どもたちより明らかにＩＱが高いという結果が出たのです」

「まさか！」

「たしかに、かなり衝撃的な結果です」

「信じられない！　自分の生徒たちは賢いと教師に思い込ませるだけで、生徒たちを賢くすることができるなんて。それなら、バカだと思い込ませたら、バ力になるということですか」

「客観的な実験の結果です」

「だとしたら、子どもを使ってそんな実験をするなんて、まったくどうかしている」

「たしかに、そこにも議論の余地はありますね」

「しかし、実際どうしてそんなことが起こるのですか？　つまり、教師が自分の生徒たちは愚かな人間だと思い込むことが、どのように影響して子どもたちを愚かにするのですか」

「答えはふたつ考えられます。まず、頭のよくない人に話しかける場合、あなただったら、どのように話しかけますか？」

「わかりやすい言葉を使って、できるだけ短い文で、簡単に理解できるような事柄だけを言います」

「そうでしょう。脳に刺激を与えて成長させるべき子どもに、そのように話しかけると、成長を止めてしまうことになるのです。これがひとつ目の理由です。

それからもうひとつ、もっと性質の悪いものがあります」

「というと？……」

「たとえば、あなたが、あまり賢くないと思っている子どもの世話をしなければならなくなったとします。するとあなたは、事あるごとにその子どもに向かって、『キミは賢くないんだよ』とほのめかすような態度をとるでしょう。すでにお話ししたように使う語彙《ごい》を変えるだけでなく、話し方や身ぶり、目線などもそれなりのものになります。あなたはその子どもに対していくらか悲痛な気持ちになるか、あるいは反対に、いくらか苛立たしく感じるでしょう。すると、子どもたちのほうもそれに気づきます。あなたといると、自分はバカだと感じるのです。


もしもあなたがその子どもにとって重要な人物であったなら、あなたの立場や年齢、役割がその子どもたちから見て信用のおけるものであれば、その感情が決定的なものになる可能性が高くなります。その子は、自分はバカだと思い込みはじめるのです。その結果は、もうおわかりでしょう」

「恐ろしいことです」

「はい、じつに恐るべきことです」

僕は自分が理解しつつあることに、とても動揺していた。それらすべての考えが、宙に浮いた状態になっている気がしていた。

僕と老人はしばらく黙ったままでいた。かすかに風が吹いて、東屋の近くに自生している熱帯植物の甘い香りがした。遠くのほうで、ヤモリが独特の声で鳴いていた。

「不思議に思っていることがあるのですが」

「何でしょう？」

「お気を悪くなさらないでいただきたいのですが、あなたはどうやってこのような情報を得ていらっしゃるのですか。つまり、アメリカで行なわれた客観的な実験の結果のことです」

「それは私だけの秘密にさせてください」

それ以上は強要しなかったが、それでもやはり知りたかった。隣の東屋でインターネットが使えるとは考えにくかったし、それより村に電話が引かれているのかどうかさえ定かでなかった。まして、治療師であるこの老人が学会などというものに縁があるとは絶対に想像できなかった。目に浮かぶのはむしろ、マングローブの木陰で、蓮華《れんげ》のポーズをとって座り、何時間も瞑想する姿だった。

「自分について思い込みをしてしまう原因は、ほかにもあるとおっしゃいましたが?」

「ええ、これまでの実験のなかのいくつかを理解しないことには、たどり着かない結果があります」

「詳しく教えていただけますか」

「いいでしょう。それでは、よくわかるように、やや誇張した例を挙げてみましょう。

赤ん坊を思い浮かべてみてください。自分の行為に対して親にほとんど反応してもらえない赤ん坊です。赤ん坊が泣くと？　親は動きません。赤ん坊が叫ぶと？　応答がありません。赤ん坊が笑うと？　反応ゼロです。その赤ん坊のなかに、自分は周囲の世界に影響を与えないのだ、他人から何も得られないのだ、という思いが徐々に育っていくのが想像できるでしょう。もちろん、その赤ん坊が意識してそう思うことはありません。とくにその年齢では。これはまさに感情や感覚、何かしら心で感じ取るものの問題です。ここではそのプロセスをできるだけ簡素化するために、逆向きの経験、つまり、親の反応を得るという経験はしないものと仮定しましょう。

さて、その赤ん坊は大人になるとどうなると思いますか？　何に対してもあきらめがちな態度になり、欲しいものがあってもそれを手に入れるために他人に働きかけようとせず、現実に甘んじるようになるでしょう。あるとき、たとえば仕事で行き詰まっていることを友人が気づいたとします。友人は、助けようとしていろいろな言葉をかけてみます。何か行動を起こしてみたらと、説得しても無駄です。誰かに相談してみたらどうかとか、自分が置かれている状況を立て直しなさいとか、人と関わりを持ちなさいなどと言っても、効き目はありません。その結果、おそらくその友人に厳しい評価をくだされるでしょう。

しかし、そういった態度は、心の奥底に隠れている、自分は周囲の世界に影響を与えない人間で、他人から何も得られないのだという根源的な思い込みから生じているだけです。本人はそう思い込んでいることにさえ気づきません。実際はそうでなくても、本人にとってはそれがまぎれもない現実であり、それ以外の自分など、存在しないのです」

「待ってください、そんな親は実在しませんよね」

「単なる一例です。それに、その反対も考えられます。子どものどんな些細《ささい》な行動にも、とてもよく反応を示す親です。泣いたといって駆けつけ、微笑んだといって目を細め、笑ったといって興奮する。その子どもはおそらく、自分は周囲に対して影響力を持っていると思うようになるでしょう。そして大人になると、行動派になったり、魅力的な人になったりするでしょう。自分が他人に与える影響をよくわかっていて、望むものを手に入れるために他人に働きかけることをためらったりしないのです。しかしやはり、自分の思い込みに気づくことはありません。その人にとっては、他人に影響を与えることが当然だからです。そういうものなのです。思い込みが、子どものころの経験によって心に植えつけられたものだということを、そもそも知らないのです」

僕を迎えてくれた若い女性が、お茶と砂糖菓子を持って東屋に入ってきた。砂糖菓子と言っていいものかどうか、それはべとべとした甘いペースト状のものので、バリの慣習にならうならば、手で食べるべきものだ。

バリには、《フォークやスプーンを使って食事をするのは、通訳を介してセックスするようなものだ》ということわざがある。食べ物は手でつかみ、指で口に押し込むものと考えているのだ。よだれかけを忘れた赤ん坊のようにならないためには、やや訓練が必要だ。

「つまり、他人に言われたことや自分が経験したことから無意識のうちに引き出される結論をもとに、自分について様々な思い込みを始める、そういうことですか？」

「そうです」

「それは子どものころに限ってのことですか」

「いいえ。たしかに、自分に対する思い込みの大部分は子どものころに形成されますが、それ以降も、大人になってからも増えていきます。ただし、その場合は普通、感情面での強烈な経験がもとになります」

「たとえば？」

「たとえば、あなたが人前で初めて話をする場面を想像してみてください。あなたはかわいそうなくらい萎縮しています。口ごもってしまい、言葉を探すのですが、声がのどにつかえて出てきません。口のなかは、砂漠の真ん中で三日間何も飲まずにいるかのようにカラカラに渇いています。場内では、ハエが飛ぶ音が聞こえています。みんながあなたを哀れに思っていることがあなたにもわかります。バカにしたような笑みを浮かべる人もいます。あなたは全財産をなげうってでも、翌年の収入を前借りしてでも、どこかへ逃げたい、その場から立ち去りたいと思うでしょう。恥ずかしくて、そのことばかり繰り返し考えてしまいます。そして、自分は人前で話すことには向いていないのだと思い込みはじめます。

実際はたった一度、その日、その聴衆の前で、そのテーマについて話すことに失敗したにすぎません。それなのに、あなたの頭はその経験を普遍化し、決定的な結論を引き出してしまうのです」

僕は砂糖菓子を食べ終わり、べたべたになった指をどうしたものかと考えていた。なめるか、ござでぬぐうか。決心がつかぬまま、指は空気にさらされていた。そのときまさに、僕は自分がバリ料理を食べることに向いていないという思い込みを強くしていたことに気がついた。

「明日いらっしゃったときは、あなたが幸せになることを妨げている、ほかの思い込みを探ってみましょう」と、老人は優しい声で言った。

「僕は明日もここに来るのですか」

「あなたの問題は、身体的な見た目のことだけではないでしょう。それよりもっとずっと深刻なものを抱えていらっしゃるはずです。それについて、いっしょに考えていきましょう」

「ずいぶんはっきりおっしゃいますね」

「自分を向上させるお手伝いをするには、耳が痛い話をしなければならないこともあります」

老人は微笑みながら言った。

「僕はあなたが治療師だとばかり思っていました。病気や怪我を抱えている人しか診察なさらないのかと……」

「欧米では心と身体を切り離して考えますが、ここでは心と身体は強く結びついていて、ひとつのまとまりを作っていると考えます。それについては、きっとまたお話しする機会があるでしょう」

「最後にあとひとつだけお訊きしたいことがあります。こういう話は嫌なのですが、はっきりさせておいたほうが気分が楽になるので。あの、お世話になったことに対して、僕にさいていただいた時間に対して、いくらお支払いすればいいのでしょうか」

老人は僕をじっと見て、そして言った。

「あなたの教師というお仕事は、様々なことをほかの人に伝えることでもありますよね。ですから、あなたが学んだことをあなただけのものとしてとどめるのでなく、世の人々に広めてくだされば、それで十分です」

「お約束します」

そこを出るとき、それでも僕は紙幣を一枚、棚の上の小さな箱に入れた。

「僕の足の指を診《み》てくださったお礼です」

05

楽園

ウブドへ戻る道はとりわけ美しかった。行きに通ったときは、目的地にたどり着けるかどうか不安で、その美しさに気づかなかったのだ。道はくねくねと曲がりながら、野生のバナナの木に囲まれた水田のなかを走っていた。小さな川が流れていて、水田はあちらこちらで分断されている。

島の中央部のこの渓谷が多くある地域には、太陽と雨が繰り返し交互に訪れ、あたたかい雨が自然の匂いを強くする。この気候によって、熱帯雨林が急成長するのだ。

カーブを曲がると、道路から数メートル離れたあぜ道に、地元の人間が三人いるのが見えた。二十歳から三十歳のあいだくらいだろう。すらりとしていて……真っ裸だった。思いもよらない光景に、僕はひどく驚いた。バリの文化ではそういった羞恥心《しゅうちしん》がないということを知らなかったのだ。水田での一日の労働を終え、沐浴《もくよく》でもしていたのだろうか。横に並んで、静かに歩いていた。

僕の車が彼らに近づいたとき、視線が合った。

彼らがなぜ奇妙な表情をしていたのかわからない。普段はほとんど人通りのないこの道で外国人である僕に出くわし、戸惑っていたのだろうか。それとも、彼らの裸体を目の当たりにして僕が驚いていたことに気づいたのだろうか。

そのまま車を走らせ、ウブドに近くなってくると、小さな村をいくつか通る。村々の住居からは貧しさがうかがえたが、通りはいつも手入れが行き届いていて、清潔で、花があふれていた。それぞれの家の扉の前には必ず、バナナの葉を編んだ皿に花や料理を盛ったお供《そな》え物が置いてあった。そのお供え物は、日に何度も取り替えられるのだ。

バリの人々は神聖なものに囲まれて暮らしている。ただし、彼らの宗教は、定められた時間に、あるいは一週間のうちの決まった日に何かを実践するというものではない。そうではなくて、神々と直につながっているのだ。自らの信仰に浸り、その信仰が絶えず自分のなかにあるように見える。いつも静かで、穏やかで、微笑んでいて、おそらくはモーリシャス人と並んで、この世で最も親切な人たちだろう。気分が安定していて、何ものにも動じない印象を抱く。自分たちに起こることのすべてを冷静に受け入れるのだ。

バリ島というと、訪れる人たちはみな、必ずや楽園を思い浮かべる。その人たちが、バリ語には楽園を表す言葉がないと知ったら、驚くのではないだろうか。楽園とはバリの人々が当たり前に暮らしている場所のことであって、魚たちにきっと海の水を表す言葉がないように、特別に楽園を指す言葉は必要ないのだ。

僕は治療師に会ったときのことを思い返した。そのときの会話になおも魅惑されていた。あの老人は特別なオーラを持っている。身体からエネルギーが自然に発散されていたのだ。

老人の言葉に、ときに狼狽《ろうばい》させられもしたが、様々なことを気づかされて、そのことにかなり興奮していた。遠く離れたアジアの国で、年老いたバリの賢者からニコール・キッドマンの胸や尻の話を聞くなんて、想像すらしていなかった。

ウブドを出たところで、僕は東に進路を変えた。滞在している場所に戻るためだ。あまりにも衝撃的な一日だったから、少しひとりになって、頭のなかを整理したかった。

東海岸のその小さな漁村までは一時間弱の距離だ。僕はその村の、人の手の加わっていない灰色の砂の美しいビーチ沿いにあるバンガローを借りていた。

運のいいことに、旅行者たちは島の南側の白砂のビーチを好むため、僕のビーチでそういった人たちに出くわすことはほとんどない。オランダ人夫婦がひと組だけ、少し離れたところに滞在していたが、感じの悪い人たちではなかったし、めったに会わなかった。

僕のバンガローは、海から遠く離れたところに住んでいるある家族が所有している。それを一カ月のあいだ、僕にとってはとても手頃な、しかし所有者にとっては十分に満足できる料金で借りていた。みんなが得をするという状況が、僕は好きだ。

ビーチは、朝のうちは人けがなく、午後になると村の子どもたちが何人か遊びにきた。そのほかに通りかかる人といえば漁師くらいで、朝五時に細長い丸木舟に乗り、海に出ていく物音がときおり聞こえた。

一度、僕も漁師たちといっしょに海に出たことがある。僕はバリ語を話せないので、こちらの要望をわかってもらうのもひと苦労だったが、何とか了承を得られたのだ。それは今も、バリ島での僕の最も美しい思い出のひとつだ。

僕たちは夜明け前に出発した。ゆらゆら揺れる丸木舟の縁に腰掛けた僕は、かたときも気が休まらなかった。水面と同じ高さに座っていて、月のない夜の真っ暗闇のなかで、ほとんど何も見えなかったのだ。

だが、漁師たちは慣れたものだった。信頼するということがどういうことか、その日僕は身をもって知った。それはまさに盲目的な信頼だった。波の音が聞こえ、ひんやりとした風が顔をかすめていく。僕が感じることができたのはほとんどそれだけだ。

それから一時間もたたないうちに、太陽が水平線にゆっくりと姿を現した。そして、舞台を明るく照らし出す投光機のように、一瞬のうちに、壮大で、広大で、魅惑的な景観を陸地に浮かび上がらせた。

そのとき僕は、海がとてつもなく大きいということ、空が巨大だということも知った。そしてちっぽけな丸木舟は、底なしの深淵《しんえん》の上に、魔法をかけられて浮かんでいるように思えた。漁師たちの微笑む顔が見えて、僕は突然わけもなく幸せな気分になった。

岸に戻る途中、丸木舟の近くまでやってきたイルカを何頭か見た。僕は思わず、すっかり遊園地慣れしている欧米人にありがちな愚かな考えから、海に飛び込んでイルカの横で泳いでみたいと言った。

漁師たちは慌てて、イルカは今は水面を泳いでいるが、魚の群れを狙うサメに追われて深いところへ行くかもしれないよと言って、僕を止めた。漁師たちの論理は十分に納得できた。だから僕は、自然の美しさを目で見て楽しむだけにしておいた。自然に生きるイルカたちは、何をしようと、どこへ向かおうと自由で、自らの運命にもとらわれていないのだった。


僕は途中で車を止めて小さな店に入り、ナシゴレンを食べた。ナシゴレンとは、目玉焼きが載ったチャーハンのようなもので、米をベースにした典型的なバリ料理だ。バリ料理はほとんどすべてに米が使われているから、ひと月もすると米を見ただけで食欲をなくすほどになった。

バンガローに着くと、ちょうど日没だった。誰にも会わず、何にも邪魔されず散歩するのに絶好の時間だ。僕は裸足になり、ビーチに向かった。予想どおりビーチには人けがなく、ズボンのすそをまくり上げて、水際に沿って歩いた。

不意に、僕の移り気な頭のなかは治療師との出会いに戻り、彼が気づかせてくれたことをすべて思い返しはじめた。僕たち人間は、周囲の人から受ける影響や自分の体験から、無意識のうちに組み立てられた結論によって、自らに対する思い込みを作りあげる、と老人は言った。

僕はそれを認めたかったが、そうだとすると、思い込みはいったいどこまで広がるのか？　人は自分を美人だとか醜いとか思い込むことができるとわかった。それから、賢いとかバカだとか、面白い人間だとかつまらない人間だとか。自分には影響力があると信じることもできるし、反対に、自分は他人から何も得られないと思い込むこともできると知った。

ほかにはどんな分野のことを、人は信じることができるのだろうか？　人というのはいろいろなことを信じることができて、その思い込みが人生に影響を与えるとわかった。しかしどこまで？

僕は、僕自身の思い込みが自分の人生の流れにどんな影響を与えてきたのだろうと自問してみた。それから、予期せぬ出会いや様々な体験のなかで、その後の人生を変えたかもしれない、どんな思い込みを信じてきたのだろうかと考えた。

僕の問いに答えてくれたのは、足もとを流れる水のせせらぎだけだった。その音が、人けのないビーチの静けさを途切れさせている。ビーチ沿いに立ち並ぶ椰子《やし》の木はじっとしたままだ。風はすっかり凪《な》いでいて、しなやかな枝が揺れることもない。

僕は毎晩、沐浴をする。ズボンとTシャツを脱ぎ、なまあたたかい海水に身体を沈ませていく。新月に優しく見守られながら、もう何も考えずに、ただひたすら泳ぐのだ。

火曜日

思い込みの犠牲者たち

06

ハンスとクローディア

いつになく熟睡して目を覚ますと、すでに太陽は高い位置にあった。僕は遅い朝食代わりに果物をいくつか食べると、ビーチの後方に広がる小さな森へ朝の散歩に出た。

オランダ人夫婦のハンスとクローディアのバンガローに近づくと、ふたりの声が聞こえてきた。

「昼食はまだかい？」

小さな岩の上に座り、膝に本を載せたハンスが言った。

ハンスは暗いグレーの髪をしていて、顔は表情が乏しく、唇はどちらかというと薄い。

「もうすぐよ、あなた。ちょっと待ってて」

クローディアのほうは、おっとりとした優しい女性だ。歳は四十くらいで、温和そうな丸顔をふんわりとした美しいブロンドの巻き毛が包んでいる。

クローディアはバーベキュー台で、串刺しにした魚を焼いていた。

「炭の使いすぎだよ。何やってるんだ。無駄じゃないか」

ハンスはそう言ったが、彼自身、クローディアを責めているつもりはない。彼にとってそれは単なる事実で、ただそれだけのことだ。

「でも、そうしないと、とっても時間がかかるのよ」

クローディアは反論した。

以前ふたりを見かけたとき、クローディアはバンガローの掃除をしていたが、ハンスはあのときも本を読んでいた。二十一世紀になってもなお女性が文句も言わず家事全般を受け持っているのはなぜだろうかと、僕は考えた。ハンスが横暴な男だというわけではない。彼にとってはたぶん、妻がそれをすることがごく普通なだけのことだ。おそらくふたりのあいだでは、問題になったことさえないのだろう。そういうものなのだ。

「あら、ジュリアン、会えてうれしいわ」クローディアが、僕に気づいて言った。

「やあ、ジュリアン」とハンス。

「やあ」

「よかったら、いっしょにお魚をどう？」とクローディアが言った。

そのとき、ハンスの眉がかすかに上がった。

「いや、いいよ。僕は朝食がすんだばかりなんだ……」

「こんな時間まで寝てたのかい？」ハンスが尋ねた。

「僕たちは今朝、もう二カ所まわったよ。タナロット寺院とスバック博物館に行ったんだ」

「へえ、それはすごいね」

タナロット寺院といえば、夕日が美しく見えることで有名な場所でもある。

そこに午前中に行くなんて！　僕はそう思って言ったのだが、ハンスは皮肉にさえ気づかない。言葉を聞いてはいるけれど、声の調子や顔の表情から何かを読み取ろうとはしないのだ。

「きみはほとんど観光をしていないんじゃないか？　興味がないの？」

「いや、そんなことはないよ。でもどちらかというと、雰囲気を味わったり、村々を散歩したり、誰かと話したり、バリの人たちに混じって何かを感じるほうがいいね。文化を理解する、ってところかなあ」

「ジュリアンは内側から文化を見出していくのが好きなのよ。で、あなたはむしろ、本のなかで文化を理解したいのよね」とクローディアが言った。

「ああ、そのほうが手っ取り早いからね。時間の節約さ」とハンスが大げさに言ってみせた。

たしかに。ここで議論して何になる？　人にはそれぞれ物の見方があるのだ。

「そうだ、今日の夕方、わたしたちといっしょにどう？」とクローディアが訊いてきた。

「ウブドでガムランのコンサートに行って、暗くなったら、ペムテラン・ビーチへカメを見にいくの。ウミガメの卵が孵化《ふか》するころなのよ。チャンスはひと晩かふた晩だけ。それを逃すともう見られないのよ」

ハンスとは積極的にいっしょに夜を過ごしたいとは思わなかったが、カメの赤ん坊はぜひとも見てみたかった。それに、僕がいっしょに行くと言えば、クローディアがとても喜んでくれそうな気がした。

「行くよ。誘ってくれてありがとう。午後はちょうどウブドの界隈《かいわい》にいるから、現地で待ち合わせよう。住所を教えてくれるかな」

「セレモニーホール、わかる？　大きな市場の隣。開始は午後七時よ」とクローディアが教えてくれた。

「画廊にでも行くのかい？」とハンスが尋ねた。

ウブドは芸術家たちの村で、画廊がたくさんあるのだ。

「いや、人に会いにいくんだ。何て言うか……霊的指導者、そうだな、スピリチュアルマスターのような人物にね」

「へえ、何のために？」

真面目に訊いているということはわかっていた。ハンスは、きみはなぜ映画を観にいくのかとか、なぜ教会やお墓に行くのか、あるいはさらに、まだボロくなってはいないけれど極端に時代遅れなズボンを指して、なぜそれをはかなくなったのかと訊くようなタイプの人間なのだ。彼にとっては合理的でないことはすべて、奇異な行為だった。

「その人は僕にいろいろなことを気づかせてくれるんだ。それに、ある意味、迷子になった自分を見つける手助けをしてくれる」

「自分を見つけるだって？」

ハンスは面白がっていながら、呆気《あっけ》にとられた調子で言った。

「まあ、そんなところだね」

「だけどきみ、こんなところで自分の居場所がわからなくなるなんてだいじょうぶかい。ニューヨークでもアムステルダムでもない、このパリで、このウブドで迷子になって、ちゃんと道が見つけられるとは思えないけど」

面白すぎる。機知に富む会話をまったく理解しない人というのが、ほんとうに存在するのだ。

「ほんとに迷子になったわけじゃないよ。辞書を開いてごらん——ついでに、辞書を読んでみたらどうだい？　きっと気に入るよ。君なら耐えられる——、《自分を見つける》という言葉にはほかにもたくさん意味があるってわかるよ。さしあたって僕が言いたかったのは、《もっと自分らしく生きていくために、自分自身をよりよく知る》ってことだよ」

「怒らないでくれ、ジュリアン」

「怒ってないさ」と僕はウソをついた。

「あなた、これ以上ジュリアンに余計なことを言わないで」とクローディアが割って入った。

「そういえば、ジュリアン、毎日潜ってるの？」

「ああ、ほとんど毎日だね」

「僕らも最初の日に潜ったよ」とハンスが言った。

「ラッキーだった。天気がよくて、水もきれいだった。ほんの一時間で、見るべきものはだいたい見られたよ」

「僕は何度でも潜るんだ。魚に囲まれて、魚たちの近くで泳ぐのが最高に楽しくてね。ぜんぜん獰猛《どうもう》じゃないから、触ってもだいじょうぶだよ」

僕はハンスが、なぜ潜るのかと訊いてくるのを待った。しかし、ハンスは自分で合理的な理論を組み立てられたようだった。

「人間は魚から進化したんだ。ジュリアンは自分の原点を見つけて、そこに戻っているんだね」

「じゃあ君は、君の祖先の子孫をバーベキューで焼いて食べるんだ。ひどいねえ。まあ、それはよしとして、僕はそろそろ失礼するよ。食事の邪魔をして悪かったね。それじゃあ、今晩」

「それじゃあ、自分探しをがんばって。見つからなくても、希望をなくすなよ！　まだジャカルタにも遺失物保管所があるから！」

「それじゃあ、今晩ね」とクローディアが言った。

僕は散歩を続けながら、ずっとハンスのことを考えていた。彼の《問題》は何なのだろうか。とにかく、彼はどこかヘンだ。悪い奴ではないし、僕を傷つけたかったわけではないと思う。ただ彼には、不可解なことが多すぎる。

バンガローに戻ると、急いで支度をして車に飛び乗った。老人のもとへ向かう道筋は、前の日より簡単に思えた。そして、日が傾きはじめる前に、サンチャン先生の家に着いた。

07

思い込みの影響

前日と同じ女性が笑顔で出迎えてくれ、そのまま同じ東屋に通された。二度目ともなると、少しは落ち着いて周囲を見渡すことができる。

そこは、簡素であると同時に美しかった。静謐《せいひつ》さと穏やかさ、調和のとれた雰囲気が満ちていて、僕は心底この場所を好きになりはじめていた。こういう場所にいると、たくさんのものを手放すことができる気がする。入り口に立つやいなや、あらゆる懸念を忘れられるのだ。時が停止している。ここで幾つ年を重ねても、皺ひとつ作らずにいられるのではないかと思った。

僕は老人が来たことに気づかなかった。ふと振り向くと、そこに立っていたのだ。挨拶を交わしたあと、今回はあまり時間がとれないと告げられた。残念。

「ところで、クタのビデオショップに行きましたか」と老人が言った。

「あの……いえ」僕はややうつむきかげんで答えた。

老人は僕を少しも責めたり威圧したりすることなく言った。

「もし、あなたのこれから進むであろう人生に私が関わっていくことを、あなたがほんとうにお望みなら、私が言うことをそのとおりに、きちんと実行してもらわねばなりません。私に人生をゆだね、私の話を聞くだけでは、たいした変化はないでしょう。さあ、どうしますか？」

「がんばります」

そう言うしかなかった。だって僕は、老人との関係を続けたいと心から願っていたのだ。

「それでは、あなたはなぜクタへ行かなかったのですか」

「あの……じつは、昨晩少し疲れていて、身体を休めたかったのです」

すると老人は、親しみのこもった調子で言った。

「他人にウソをつくことはあっても、自分にはウソをついてはいけません」

「えっ？」

ぼくは答えに詰まった。

「あなたは何を恐れていたのですか？」

老人の声には優しさがあふれていて、その視線は僕の目を深々とのぞき込んでいた。僕の最も奥深いところまで見透かされている気がした。だが、心に土足で踏み込まれているような印象は受けない。ただ単に、見られていると感じていた。老人は、僕の心をすべて読み取っていたのだ。

「……」

「そこへ行くと、何か失うものがあったのですか」

老人はなぜこんな質問をするのだ？　触れるべき場所に確実に、指で優しく触れるように、的確な質問を。

しばらく沈黙したあと、僕はこう答えていた。

「たぶん、好きな女優に対する憧れの気持ちをそのまま持っていたかったのだと思います」

「あなたは幻滅するのが怖かったのです」


奇妙だが、それは事実だった。

彼女に関して、前日にもう、老人の言うとおりだと納得していただけに、ますます奇妙だった。

老人の言うことが事実だとわかっているなら、なぜそれを認めないのだ？

「たぶん……、おっしゃるとおりです。怖かったんだと思います」

と僕は言った。

「それが普通です。人間は自分の思い込みにとても執着します。真実を追い求めようとはせず、精神が安定するかたちを望みます。そして自分の思い込みをもとに、それと矛盾しない世界をうまく築くことができます。そうすることで安心し、無意識のうちにそこにすがるのです」

「それならなぜ、自分の思い込みが現実ではないということがわからないのでしょう?」

「前にも言ったように、思い込んでいることが目の前の現実になるのです」

「あなたの話についていけていないかもしれません。おそらく僕には少し哲学的すぎるのでしょう。それに、僕は夢想家ではありますが合理的な人間です。僕にとっては、現実は現実です」

「実際はとても簡単なことです。たとえば私が、目を閉じてください、耳をふさいでください、そしてあなたのまわりにある現実を正確に描写してくださいと言ったとしましょう。あなたはすべてを説明することはできません。当然です。語るべき情報は無数にあって、あなたはそのすべてをとらえられるわけではありません。現実のほんの一部を感じ取るにすぎないのです」

「というと?」

「たとえば、目の前にこの場所に関わるたくさんの情報があります。目に見えている様々な東屋の壁や柱の配置、背の低い木や葉が生い茂る草などの植物。それらは風がそよぐと、葉がさわさわと揺れます。それから、家具や置き物、絵があります。それらのものはそれぞれ異なる物質でできています。素材は一様でなく、色も同一ではありません。周囲の光や影、空、動く雲、太陽などに関しても情報がふんだんにあります。私自身、この身体からだけでも、たくさんの情報を送っています。姿勢や動作、視線、秒刻みで変化する顔の表情。

しかし、これらはすべて視覚的な情報でしかありません。そこに聴覚からの情報を付け加えなければならないのです。近くのものも遠くのものも含めた種々雑多な物音、自分の声の多様な変化や大きさ、声色、言葉のリズム、動くときに衣服がこすれて発せられる音、虫が飛ぶ音、遠方で鳴く鳥の声、葉むらを揺らす風の音などです。

しかし、それらがすべてではありません。嗅覚や触覚による情報もあります。気温や湿度、まわりにある様々な植物の匂い、その匂いは空気の流れで変化します。そして、身体のいろいろな部位が地面に触れるときの感覚、それから……」

「ああ、もう十分です」

僕は話をさえぎった。

「それはわかっています。目を閉じたり、耳をふさいだりしていたら、すべての情報を伝えることはできません。それはそうです」

「そしてその理由は、じつに単純なことです。あなたはこういったすべての情報に気づいているわけではありません。情報は過剰なまでに存在していて、心が無意識のうちに選別をしているのです。いくつかのものは取り込み、ほかは捨てている」

「ええ、おそらく」

「そこで興味深いのは、その選別方法があなたと私とでは違うことです。何人もの人にこの実験を行ない、まわりにあるものの何を見たかをリストアップしたら、ひとつとして同じものはできないでしょう。それぞれの人がみな、独自の選別をするのです」

「はあ……」

「そして、その選別は決して偶然ではありません」

「どういうことですか」

「その選別はそれぞれの人に特有のもので、とくに各人の思い込みや、社会一般について信じていることによって変わってきます。要するに、人生観によって異なるということです」

「はあ……」

「思い込みは現実をふるいにかけます。つまり、見たり聞いたり感じたりするものをより分けるのです」

「僕には少し抽象的すぎてよくわかりません」

「例を挙げましょう。わかりやすいように、少々誇張した例で説明します」

「はい」

「では、想像してみてください。あなたは無意識のうちに、世の中は危険だと確信していて、だから用心し、身を守らなければならないと思っています。これがあなたの思い込みだとします。いいですか？」

「わかりました」

「もし、このような思い込みをしていたら、あなただったら、今この時点で、どんなことに注意を向けますか。心の底でこの世は危険だと思っていたら、どんな情報をとらえますか?」

「ええっと……、そうですね……、何だろう、まずあなたに少し警戒心を持つでしょうか。なぜかというと、結局僕はあなたのことを知らないからです。とくにあなたの顔をじっと見て、あなたの考えを読み取って、あなたの優しい言葉の裏側に何か隠されているのではないかと探ろうとすると思います。そして、信用のおける人かどうかを知るために、話のなかで辻褄《つじつま》の合わないところがありはしないかと考えるでしょう。それから、庭に面した扉が開いているかどうか、何か問題があればすぐに逃げられるかどうかを確かめるでしょう。こんなところです。

ほかには……、何かあるでしょうか……たぶん、この梁《はり》にも注意するでしょう。天の助けによって支えられている気がしますが、いつ頭の上に落ちてくるかもわかりません。それから、梁のあいだをゴソゴソと這いまわっているヤモリを、ちらっと見るでしょう。降りてきて噛みつかれるのが怖いからです。爬《は》虫類《ちゅうるい》は苦手なんです。ござが擦り切れていることも気に留めるでしょう。うっかりしていると、棘《とげ》が刺さるかもしれませんから」

「そうです。あなたの注意は、あらゆる場合に起こりうる危険に向くのです。そこでもし、目を閉じて状況を説明してくださいと言われたら、とりわけそういった事柄が心に浮かんでくるでしょう」

「はい、おそらく」

「それでは今度は、逆の思い込みをしている自分を想像してください。世の中は友好的で、人々は優しくて、正直で、信用できます。そして、人生には楽しいことがたくさんある。このようにしっかりと思い込んでください。さあ、そうしてみると、どんなことに注意が向きますか。目を閉じて、耳をふさいで、説明してみてください」

「僕は植物の話をすると思います。とても美しいです。それから、暑さを和らげてくれる心地よいそよ風の話。ヤモリのことも話すでしょう。『やった、天井にヤモリがいる。とすると、僕のまわりに虫はいないはずだ』と考えるでしょう。それから、あなたの穏やかな顔です。感じのいい人で、お金も要求せずに、興味深いことをたくさん教えてくれます」

「そのとおり。現実や周囲の世界について思い込んでいることが、フィルターや選択用の眼鏡のような働きをして、信じる方向に進みながら、とくに細かいところに目を向けさせます。そうするとさらに思い込みが強くなります。それが繰り返されるのです。世界は危険だと思い込むと、人は自然に、現実的な、あるいは潜在的な、あらゆる危険に注意を向け、そしてだんだんと、危ないことだらけの世界に生きているような気がしてくるのです」

「それは当然でしょう、きっと」

「しかし、それにとどまりません。我々の思い込みはさらに、現実を〝解釈〟します」

「解釈？」

「さきほどあなたは私の表情のことを話されましたね。顔の表情は、ほかの身ぶりと同じように様々な解釈をされます。思い込みが解釈に影響するのです。笑顔は、友情や優しさ、魅力のしるしだと受け止められることもあれば、皮肉や嘲笑《ちょうしょう》、尊大さの表れだと思われることもあるでしょう。それから不躾《ぶしつけ》な視線は、好奇心があるという合図になったり、あるいは反対に、脅威を感じさせたり、不審を抱かせたりします。それぞれの人が自分なりの解釈をするわけです。世の中についての思い込みが、曖昧だったり不確かだったりしたことに明確な意味を与える……。そしてそれが、さらに思い込みを強めるのです」

「わかったような、わからないような……」

「続きをお話ししましょう」

「まだ先があるんですか!?」

「ひとつ思い込みがあると、それによって何らかの行動をとります。そして、その行動が他人の行動に影響を与え、それがまた、あなたの思い込みを強めることになるのです」

「ああ、何だか複雑ですね」

「簡単なことです。さきほどと同じケースで話を続けます。あなたは、世の中は危険で、用心しなければならないと確信しています。知らない人に出会ったら、どのように行動するでしょうか」

「用心して身構えると思います」

「はい、そしてあなたの顔は、おそらくかなりこわばって、あまり魅力的ではないはずです」

「きっとそうですね」

「しかし、あなたに初めて会った人は、その顔を見て、その表情から何かを感じるのです。その人たちはあなたに対してどんな行動をとると思いますか」

「可能性としては、用心して身構え、僕にはあまり打ち解けてくれないでしょう」

「そのとおりです。そしてあなたは、相手の人たちが頑で、あなたに対してややぎこちない感じを持つでしょう。それを、世の中は危険だという思い込みに支配されているあなたは、どう解釈すると思いますか」

「当然、用心して身構えるのが正しいと思うでしょう」

「そうすると、思い込みがさらに強くなります」

「恐ろしい！」

「この場合は、間違いなくそうなるでしょう。しかし、このことは逆の場合にも当てはまります。もしもあなたが心の奥底で、人々はみないい人だと思っていれば、他人に対して開かれた態度で接し、微笑みかけ、リラックスしていられるでしょう。そしてもちろん、それによって相手も心を開き、あなたといるとくつろいだ気分になれるでしょう。あなたは気づかないうちに、世の中は好意的だと確信を持つでしょう。思い込みがさらに強まるのです。

しかし、間違えないでいただきたいのですが、これらすべてのプロセスは無意識のうちになされます。重要なのはそこです。『まさに思い込んでいたとおり、みんないい人だなあ』などと意識的に思うことは決してありません。そのように思う必要がないのです。なぜなら、あなたにとってはそれが普通だからです。つまり、みんながいい人だというのが明白な事実なのです。それと同様に、何が何でも他人に用心しなければならないと思い込んでいる人は、閉鎖的で感じのよくない人に出会うことを、悲しく思いながらも当然だと感じていま す」

「そんな……！　結局、人は気づかないうちに、まさに自分だけの現実を作っているのですね。そしてそれは実際、思い込みの産物でしかない……。まったく何てことだ。想像を絶する話です」

「最後の言葉がうまく言い得ていますね……」

老人はいくらか満足したようだった。僕がこの理論の偉大な力と広範さを理解しつつあると感じたのだろう。

たしかに驚きだ。僕は、人間というのは自分のものの見方や信条、老人の言葉を借りるなら、自己の〝思い込み〟の犠牲者だと感じていた。最も恐ろしいのはおそらく、そのことに自分自身が気づいていないということだろう。そうすると、当然のことながら、自己の思い込みを信じているだけだということにも気づかない。思い込みは、心では知覚しないのだ。

僕はそのことを世界に向けて叫び、何かを安易に信じることはやめるべきだと、声を大にして言いたかった。

現実ではないことのせいで人生を台なしにしていると伝えたかった。サーカス巡業に使うトラックのハンドルを握り、世界中を駆けまわる自分の姿を思い描いた。もしそうなったら、拡声器を持ち、村から村へ叫んでまわるだろう。

「みなさん、自己の思い込みを信じないようにしましょう。みなさんは自分で自分の首を絞めているのです。僕の話を信じてください」

きっと三日とたたず精神病院のスタッフがやってきて、連れていかれるだろう。そして僕のサーカスは、防音クッションのついたドアの内側でしか興行できなくなる。

「ですが、ひとつだけ訊いてもいいでしょうか。人々の思い込みは、どんな分野に関してですか？　どこまで広がるのでしょう？」

「我々はみな、自分自身について、他人について、他人との関係について、我々を取り巻く世の中について、つまりほとんどすべてのことに対して思い込みを持っています。学校での成績から子どもの教育まで、そのあいだには仕事における進展や夫婦関係もあるでしょう。我々はみな、誰もが無数の思い込みを持っています。思い込みは数え切れないほどにあって、それが人生を導くのです」

「そして、プラスのものもあれば、そうでないものもある、そういうことですか？」

「いいえ、まったくそうというわけではありません。思い込みの善悪を判断することはできないのです。言えることはただひとつ、思い込みは現実とは違うということだけです。一方で、もっと興味深いのは、思い込みの影響を理解することです。思い込みは、プラスの影響と同時に自分に限界を定める影響を生み出す傾向にあります。そして、いくつかの思い込みは限界を定める影響よりもプラスの影響を多くもたらすようなのです」

「ええ、世の中は好意的だと思い込むほうがいいような気がしますよね。それに、世の中は危険だという思い込みにプラスの影響があるようには思えません」

「いいえ、その思い込みにもやはりプラス面はあります。そのような思い込みは、たしかに疑心暗鬼になったり、おそらく少しくらいは人生をふいにする危険があります。しかし、いつかほんとうに危険に直面したとき、すべては善良なる世の中で、このうえなくうまくいくものだと思っている人より傷が浅いはずです」

「そうでしょうか……」

「だから、自分が思い込んでいること、そしてそれが思い込みにすぎないということに気づいて、思い込みが人生に与える影響を知るべきなのです。それを知ってさえいれば、生きていくなかで体験するたくさんの出来事をより理解しやすくなるでしょう……」

「そういえば、昨日、今日は僕が幸せになれない原因について考えてみようとおっしゃいましたが」

「はい、しかしその前に、まずあなたひとりでやっていただきたいことがあります。次に会うときまでに、取り組んでいただきたい課題をふたつ出します」

「わかりました」

「ひとつ目は、覚醒した状態で夢を見ることです」

「それは妄想のことですか？」

「あらゆることが可能な世界にいる自分を想像してください。あなたには実現できないことなどありません。世界を自在に操る権限や、ありとあらゆる美点を持っていると仮定してください。申し分のない知性、優れた交際感覚、憧れのプロポーション……、欲しいものはすべて手にしています。あなたにとって不可能なことなどないのです」

「その夢は楽しそうですね」

「それから、この状況において、あなたの人生がどんなものかを想像してください。つまり、あなたの行為、仕事、趣味など、あなたの人生がどのように展開するかということです。あなたにとって不可能なものはないということを、いつも念頭に置いておいてください。そして、それを紙に書いて、私のところに持ってきてください」

「はい、わかりました」

「ふたつ目の課題は、いくつか調査をしていただきます」

「調査ですか？」

「はい、偽薬《プラシーボ》の効能について、アメリカで行なわれた科学的研究のデータを集めていただきたいのです。そして、そのことについて話し合いましょう」

「しかし、どこで探せばいいのでしょうか」

「アメリカでは、すべての製薬会社がそのような研究を行なっています。それが義務づけられているのです。新しい薬が偽薬、すなわち実際には機能しない物質より効果があるということが科学的に証明されないと、新しい薬を市場に出すことはできません。ということはつまり……、それが間接的に、偽薬の効能についての正確な数字になるわけです。いまだかつてこの数字を何かに利用した人はいません。しかし私は注目に値するものだと思っています。製薬会社がいくつかの結果を発表しています。それを見つけてきてください」

「あなたは結果をご存じなのですか？」

「もちろんです」

「それならなぜ僕に探せとおっしゃるのですか？　時間の無駄です。あの、僕は土曜日の飛行機で帰国しなければなりません。だからお会いする機会もほとんど残っていなくて……」

「なぜなら、誰かから情報を伝え聞くことと、自分自身で情報源にあたってみることは、まったく別のことだからです」

「申し訳ありませんが、僕にはその違いがわかりません」

「もしも私がそれについてあなたに話したら、あなたはその数字をずっと信用することができないかもしれません。それに、お気づきかもしれませんが、これはあなたにとって避けては通れないことなのです。今はそう思わないかもしれませんが、後々……。それに、他人の話を聞くだけでは進歩がありません。実際に行動し、様々な経験をして初めて進歩するのです」

「しかし、どこに行けば情報を集められるでしょうか。僕はホテル住まいではありません。インターネットに接続する手段も持っていないし、この島のネット環境はあまり万全とは言えなさそうですし……」

「最初からくじけているようでは、生き抜いていけませんよ。さあ、あなたならだいじょうぶです」

「最後にひとつだけ。お時間をたくさんいただこうと思ったら、明日は何時にうかがえばよろしいですか」

老人は微笑みながら、しばらく僕を見ていた。

僕はまた何か言ってはならないことを言ってしまったのではないかと考えた。今日は失言の繰り返しだ。

「いいですか、私が必要だと思い込まないように。無理をなさらなくても、いらっしゃったときにお会いできる時間だけで十分足りるのです」

08

ガムランのコンサート

車に乗り込み、どうしてあの老人はあんなにも優しい目をしていて、穏やかで、落ち着いているのだろうと考えた。ときには、僕が聞きたい言葉とまったく逆のことを言ったりもするのに。

まさに、ほかに類を見ない、思いがけない人物。

欧米の情報をよく知っていることにも驚かされた。老人の持つ雰囲気とは対照的だった。村から一度も出たことがないように見えたし、遠く離れたアジアの小さな島の、しかも山奥で暮らすこの老人が欧米の研究から知恵を得ているということを、すぐには認められなかった。奇妙だった。

見覚えのある景色が現れ、ほどなくウブドに着いた。太陽はもう回帰線の下に沈んでいて、僕が大きな市場の近くに車を止めたときには、すでにあたりはすっかり暗くなっていた。

こぢんまりしたレストランのガーデンテラスから、お香の匂いが漂ってきた。バリの人たちは蚊を追い払うのに、しばしばお香を使う。庭や玄関に置かれた小さなお皿に、燃え尽きた棒状のお香が残っているのをよく見かける。それがウブドの夜の魅惑的な雰囲気をさらに素敵なものにしていた。

僕はレストランに入り、木陰の席に座った。そして、魚のグリルを注文した。庭のテーブルにはキャンドルが灯され、木々のあいだに立つ何本かのトーチが明るさを補っている。トーチの火は、優しくあたたかい光を放ちながら、ゆっくりと燃えていた。通りのあちらこちらから、突然大きな声が聞こえてくることがあった。おそらく地元の人たちが外国人客を呼び止めては、にわかタクシーの営業をしていたのだろう。

コンサートまでは、まだ一時間余裕があった。バリ島は僕にとって、地球上で唯一、こまめに腕時計を見なくてよい場所だ。ここでは、時間は重要ではない。もちろん時間は進むが、ただそれだけだ。どんな天気になるとしてもそのままに受け入れる、天気予報と同じなのだ。何にせよ、雨の日があれば晴れた日もある。そういうものなのだ。

バリの人々は、神に与えられたものを、あれこれ考えたりせずにただ受け入れていた。

僕は、老人に言われたことをもう一度考えた。──自分が幸せになれる理想の人生を思い描く。不可能なことが何ひとつない自分になり、果たしてその人生はどんなものだろうかと想像するには、少し時間が必要だった。日頃から考えているようなことではないからだ。個人的なことを言えば、僕は人生がほんとうはこうあってほしいなどと考えるよりも、人生においてうまくいかなかったことを日々あれこれ気にかけている性質だった。

理想の人生と考えてまず頭に浮かんだのは、もしもすべてが可能だとしたら、仕事を変えるだろうということだった。

教師というのはたしかに、高貴で価値のある職業だ。しかし、やる気のない生徒たちに勉強を教えることにうんざりしていたし、そんな自分にも心底嫌気がさしていた。もちろん、違った方法をとれば、学ぶことに対する生徒たちのモチベーションを上げられるかもしれないと思ってはいたが、決められているカリキュラムは厳密に守りたいと考えていたし、現行の教育方法に満足してもいた。ただそれが今どきの生徒たちにはまったくそぐわないのだ。お役所側と現場のそれぞれの要望のあいだに立ってサンドイッチにされるのは、もう限界だった。なにしろ、真っ向から対立しているのだ。

僕は新鮮な空気が欲しかった。職業をガラッと変えて、芸術的な分野で自己実現したいと思った。自分が熱中できることを仕事にしてみたかった。

それが写真だった。

ポートレイトで顔の表情を撮るのがとくに好きだ。モデルの人格や感情、心の状態をあらわにできるからだ。結婚写真にも興味がある。

何だってできるというなら、自分専用の写真スタジオを持ちたい。次から次へと写真を量産するつまらない工場のようなものではなくて、その人がどんな人物かを示すような仕草や表情をとらえるために、その場でありのままを写真に撮るためのスタジオだ。

僕の結婚写真は歴史を物語るだろう。僕の写真を見れば、それぞれの被写体が考えたり感じたりしたことがわかるのだ。両親の心の内や、義理の親の希望や不安、自分の順番はいつやってくるのだろうと考える姉の視線、離婚した夫婦が若い夫婦を見つめ、このふたりはきっとまだサンタクロースの存在を信じているのだろうと考える姿。

人々の幸福を形に残し、その人が一生ずっと、その写真をひと目見るだけで、その日の思い出に浸り、その日の気持ちに戻れたらいいのにとも思うのだ。よい写真というのは、どんなに長い演説よりも多くのことを語る。

僕のスタジオは大成功をおさめ、ある程度の名声も得るだろう。僕の仕事に興味を示した雑誌が、作品を何点か掲載してくれるだろう。そして僕は才能を世に知らしめる。そうさ、そうなったらカッコイイ！

けれど撮影料金は、広く一般の人たちの手が届くように、不当に値上げしたりはしない。それでもなお僕の年収は、教師時代の軽く二倍か、あるいは三倍にさえなるだろう。

そうしてようやく、家を持つことができる。僕自身が図面を引いて建てさせた素敵な家だ。庭もある。週末は菩提樹《ぼだいじゅ》の木陰に置いたデッキチェアに寝そべり、読書を愉しむ。あるいは草むらに寝そべり、デイジーの香りに鼻をくすぐられながら昼寝をする。それからもちろん、愛し合う女性がそばにいるだろう。言うまでもない……。

ピアノも習うだろう。僕はずっと何か楽器を弾けるようになりたいと思っていたのだ。だからそれを叶えるだろう。そして夜、我が家の広いサロンで、ショパンの夜想曲《ノクターン》を演奏する。暖炉の火がパチパチと音を立てているだろう。時には友人たちを招き、彼らのために演奏する。幸せが伝播《でんぱ》する。

「お魚をお持ちしました」

「えっ、ああ……、何？」

「レモンかスパイス入りのソース、どちらになさいますか？」

「レモンを」

皿には魚が丸ごと載っていて、その目が僕をじっと見つめている気がした。この魚は僕のために死んだというのに、僕は幸せを夢見ている。そのことに自責の念を感じはじめた。

僕の夢が突飛なものではないとあらためてわかったことは、驚きに近かった。幸せになりたいからといって、億万長者やロックスター、有名な政治家になどなる必要はないのだ。しかしながら、この単純な夢と幸せが、じつは僕の手の届かないところにあるように思えた。

僕は、扉を少しだけ開けて、自分の人生が本来どうあればよかったのかをそっと気づかせてくれた治療師の老人をほとんど恨みさえしていた。その扉を閉じてしまえば、苦い後味が残り、僕の意識に、夢と現実の大きなギャップが植えつけられるに違いないからだ。

僕にはもうひとつ課題が残されていた。さて、どこでインターネットに接続できるだろうかと考えてみた。おそらくホテルだろう。インターネットの設備があるくらい豪華なホテルということだ。だが宿泊客でもないのに使わせてもらえるだろうか。よし、とりあえず明日やってみよう。ビーチにある超高級ホテルで試してみよう。口から出まかせを言って、何とかうまく切り抜けるのだ。
皿の上の魚は、僕の考えに賛成していないようだった。魚は依然、そのとがめるような視線で、じっと僕を見ていた。すると、突然食欲がなくなってしまったので、会計を頼んだ。皿の半分は手をつけぬままに残した。
すまない、君を無駄死にさせてしまったよ。

外に出ると、街は変わらず和やかな雰囲気に包まれていた。

セレモニーホールの前で、ハンスとクローディアに会った。ふたりは立ったまま、大急ぎで、あまりおいしくもなさそうなサンドイッチのようなものを食べていた。それが普通だ。なぜ無理に楽しむ必要がある？　立ったまま急いで食事をとれば、時間が短縮できるし、安くすむ。つまり、より合理的なのだ！

「こんばんは、ジュリアン」

ふたりは声を合わせて言った。

「こんばんは、おふたりさん。さて、今日の午後は寺院をいくつ見てまわったんだい？」

「いやあ、とても有意義な一日だったよ」ハンスが答えた。

「もうすぐコンサートが始まるわ」とクローディア。

セレモニーホールは、階段状に観覧席がある屋外の円形劇場だった。すでに満席に近く、奥の一番上しか残っていなかったが、正面に座ることができた。

僕は音楽にかなりうるさく、ガムランには悪いイメージを抱いていた——竹製の大きな木琴のような楽器で、繊細とは言いがたい音を出し、音階も乏しい。

その晩は舞台に少なくとも八個の楽器があって、コンサートが始まったとき、僕はホールに響くその音の大きさに驚いた。最初はけたたましく耳障《みみざわ》りともいえる音に聞こえたが、やがて、合奏《アンサンブル》のまとまりのようなものが感じられるようになった。そして最後には、欧米人にとってはとても快いとは言えぬこの音楽に、何かしら心奪われるものがあると認めずにいられなくなった。

しばらくすると、繰り返される旋律にだんだんと陶酔させられ、脳にまで響くような耳につく音に導かれて、自分が常軌を逸した意識状態にあることに気づくのだ。ホールのあちらこちらにお香の強い匂いが広がり、聴衆を包み込んでいた。十分か二十分、あるいはもっとたっていたかもしれない。僕は時間の感覚を失っていた。

きらびやかで手の込んだ、伝統的な衣装を身にまとった踊り手たちが舞台に現れた。髪型も洗練されていて、後頭部にまとめた髪をパールと細いリボンで飾っている。踊りのステップは正確で優美だ。動作のひとつひとつに、女性らしさと並外れた気品があった。

遠くからでも、踊り手たちの半分白目をむいたような目が見え、僕は一瞬にしてすべてを理解した。彼女たちはトランス状態で踊っていたのだ。そのような状態でリズムに完璧に合わせて身体を動かす様子を見るのは感動的ですらあった。

ガムランの音がトランス状態を保たせ、それが観客にも伝染する。踊り手たちは舞台の上をリズミカルに動き、全体として完璧にまとまっている。踊りでは、手の動きがとても重要な役割を果たす。繊細で、非常に体系化された動きをし、きびきびしていながら、最高に優雅なのだ。僕は、すっかり魅了された人々が、踊り手たちの動きに合わせて揺れているのを感じていた。

誰もがみな、お香の匂いに酔いしれていた。ただハンスだけは、ときおり腕時計に目をやっていた。クローディアはすっかりショーに夢中だった。彼女まで空中浮揚してしまうのではないかと思った。だがそうしたら、科学的な人間である夫にも興味深いものになっただろう。

テンポが徐々に速くなり、騒がしい音が大きくなる。僕の脳内にも響き渡り、すでにまったく自分のものではなくなっている僕の魂を虜にする。お香の芳《かぐわ》しい匂いが身体に入り、僕という人間の神経の一本一本に浸み込む。舞台の灯りが頭のなかでぐるぐるまわり、身体の細胞のひとつひとつがガムランの律動に合わせてゆらゆらと揺れていた。

09

ウミガメの神秘

　こういったコンサートのあと、興奮冷めやらぬままに夜道を運転するのは困難だ。ハンスたちが先導してくれて、道筋を考える必要がなかったのが幸いだった。ハンスは信用できるという確信があった。というのも、ハンスはコンサートのあとも冷静そのものだったからだ。

　僕は機械的に運転していたが、それでも道はずいぶん長く感じられた。森を抜け、田園地帯を横切り、たくさんの村を通り過ぎたが、その時間でもまだ通りを歩く人たちがいて、村のなかを走るときには、その人たちをはね飛ばさないように、神経を集中させねばならなかった。

　最もきつかったのは、多くの場合ライトもつけず、縦横に走る車を避けることだった。バリの人々は転生を信じているので、実際のところ死を恐れていない。だから、道を歩いていても、車のハンドルを握っても、無鉄砲極まりない。人間はいつかは死ぬものと信じている哀れな僕は、したがって、よりいっそうの警戒が必要だった。

ペムテラン・ビーチに着いたのは、真夜中に近かった。真っ暗闇の夜だったが、ところどころに灯りが見え、人がいるのがわかった。たまに雲が切れると月が顔を出し、白っぽくて冷たい光で砂浜に打ち寄せる小さな波を照らした。

僕たち三人は、砂浜への立ち入りを管理している役人のところに行った。

「こんばんは、カメを見にきたのですが」とハンスが言った。

「こんばんは。ビーチに入る際に、守っていただきたいことがあります。まず、親ガメからは二メートル以上の距離を保ってください。大きな声を出してもいけません。それから、必ず陸側にいてください。カメと海のあいだのスペースは通ってはいけません」

「わかりました」

「では、楽しい夜を」

　かすかに海の香りを含んだ、夜のあたたかい空気を吸い込みながら、僕たちは黙ったまま砂の上を歩いた。ビーチのあちらこちらに、暗色の大きな塊がいた。カメはどれも甲長一メートル十センチ、体重は百二十キロほどあるらしい。砂の上でまるで眠っているみたいにじっとしている。天上からは灯台が照らすかのように、雲の切れ間からときおり青白い月の光が差して、有史前の不可思議な存在を浮かび上がらせる。

　僕らはそんなカメを長い時間ぼうっと眺めていた。何があろうと、カメたちの平穏を邪魔してはならないと思えた。ひっそりと静まり返ったなかで、この世で最も美しい行為への準備をしていて、わずかな波の揺れなどまったく気にしていない感じがした。

　僕らはゆるやかな時間の流れに飛び込み、静けさに浸り、心の奥底でかすかな鼓動を感じながらも、このたぐいまれな瞬間に魅了されて、感覚が麻痺してしまっていた。

こうして、ひと言も発さぬままに長い時間が過ぎ、それから僕たちは、少し離れたところに見えるグループのほうに歩いていった。その人たちは自然保護団体に属していて、この日のためにここにやってきたのだった。彼らはカメを守り、孵化するまでのあいだ卵を見張る。なぜなら、親ガメは砂のなかに卵を産むと、そのまま去っていってしまうからだ。その人たちは、生まれた子ガメの数を毎年記録し、年ごとの統計をとっているのだと言った。

ウミガメは何世紀ものあいだ捕獲されつづけてきたが、種の絶滅の危機が次第に大きくなってきたことに脅威を感じた政府が、ようやくウミガメの商取引を禁止した。ところがそれ以来、密漁が増加したため、役人たちが手分けして、ごく短い産卵期に——年にひと晩かふた晩——、ウミガメがやってくる希少なビーチを監視することにしたのだ。

今晩ここに卵を産みにきたウミガメたちはここで、この同じビーチで、五十年以上も前に生まれた。そのウミガメたちは、以来ずっと旅を続け、数万キロメートルもの海路を渡り、半世紀も前に間違いなく自分が生まれたビーチに、こうして卵を産みに戻ってきたのだ。なぜそうするのか、なぜそんなことが可能なのか、誰にもわからない。どんな科学者もその現象を説明することができない。だが、実際このように行なわれていて、それがじつに感動的なのだ。千年以上の秘密を守りつづけ、科学で解明できない叡智《えいち》を持った寡黙《かもく》なウミガメを、僕はじっと見ていた。

ウミガメたちは、なぜここに戻ってきたのだろう。どのようにしてこの場所を記憶していたのだろう。果てしなく広い海を渡り、たしかにここに、生まれたのと同じ場所に、どのようにして戻ってきたのだろう。そして、そうすることの意味は？　答えの見つからない問いがいくつも残されている。

卵の孵化まで三時間近く待った。そしてついに、そのときがやってきた。生まれたばかりのウミガメの赤ちゃんが海に向かい、水際までの数メートルを一心不乱に進んでいく。

その姿に目を奪われた僕は、なぜだか胸が切なくなっていた。赤ちゃんの大部分は、数時間後には、たとえばサメなどの捕食者に飲み込まれて死んでしまうということを僕らは知っている。うまくして外海に出て、深いところにたどり着いたものは、生き延びる確率が高くなる。それでも、統計的に、ひと晩に生まれたウミガメのうち、最終的に生き残るのは一匹だけだと言われている。

「人生って、運まかせなのね」クローディアが、落胆して言った。

「人生はつねに競争さ」ハンスが答えた。

「最も速いものだけが生き残る。ぐずぐずしていたり、ふらふらしていたり、快楽に身をゆだねたりしているものは死んでしまうんだ。絶えず前進していなけりゃならない」

僕は呆然となっていた。ウミガメの赤ちゃんを見たせいもあったが、それと同じくらい、たった今、耳にした言葉に驚かされた。見事だった。
短い言葉に、それぞれの人生観が凝縮されていた。オランダ人夫婦というパズルの最後のピースがようやくはまった。僕が目撃したすべての場面が腑《ふ》に落ちた。これでクローディアがなぜ夫に押しつけられた主婦の役割を受け入れているのかがわかった。

彼女は悪いくじを引いてしまったと思っているだけなのだ。負けは負けであって、どうすることもできない。カジノやロトで負けても文句を言わないのと同じだ。物事はすべて、あるべきようにあって、変えようとしたところで無駄だというわけだ。

一方、ハンスに対しては、固定観念にとらわれた行動をしていることや、のんびりと時間を過ごせない性質を以前よりも理解できるようになった。

ウミガメにも生に対する思い込みがあるのだろうか。それとも、思い込みがないからこそ、自分自身とうまくやっていけているのだろうか。

ウミガメの赤ちゃんが、本来の居場所である海に向かって穏やかに進んでいくのを見ていた。このなかのどれが生き残り、五十年後、今度は卵を産むために、ここに戻ってくるのだろうかと考えていた。

帰り道は何事もなく過ぎ、ビーチに着くといつものように夜の沐浴をした。もし自分がウミガメの赤ちゃんだったら、どんな一生をたどるだろうと考えながら水に浸かった。

僕は生まれつき悩む性質だから、ウミガメだったとしても何かしら思い込むのだろう。もしここで〝疑惑の念にさいなまれて〟という表現を使ったら僕のウミガメとしての一生に何か悪い影響があるだろうかなどと考えたりしていた。

水曜日

新しく発見したこと

10

アマンキラで

　短い眠りのあと、ずいぶん朝早くに目が覚めた。老人に会いに行く前に、できるだけ早く、指示された情報を集めたい気持ちがあったからだろう。

ガイドブックで、一番近くにある超高級ホテルに目星をつけ、車に飛び乗った。二十分ほどでアマンキラホテルに着くと、エントランスの前をゆっくりと通り過ぎた。

　アマンキラはおそらく、世界で最も美しく高級で、なおかつ最もくつろげるホテルのひとつだ。僕は最も安いレンタカーのハンドルを握り、駐車場の入り口を通りながら、ごくりと唾を飲み込んだ。こんな車が入っていくような場所ではないし、おまけにその車は島の埃っぽい道路を二週間も走りまわったあとでひどく汚れていて、ますます場違いだということを不意に思い出して、不安になったのだ。両側が豪華な花壇になっている通路を、できるだけ音を立てないようにゆっくりと進んだ。そして、受付から一番遠い場所に車を止めた。

車から降りると、風景式庭園をジグザグに走る美しい小道を上品ぶって通り抜けた。小石で縁取られた芝生に、ホテルの従業員がふたり、膝をついている。はさみを持って、手作業で芝を刈っていた。こういう場所では、宿泊客の穏やかな時間を壊すような、騒々しい芝刈り機など使わないということなのだろう。僕は一瞬ぼうっとしていたが、気を取り直し、常連客のように無関心なふりをしながら、なるだけ不自然に見えないように気をつけて歩いた。しかし、美しい景観に見惚れ、おもわず息を呑み、無関心を装いつづけることはできなかった。

平屋建てでところどころ壁がない建物のつらなりは、現代的なコロニアル様式とでもいうのだろうか、希少な木材や美しい石など珍しい材料を使って造られていて、見た目にはクリーム色のぼんやりと柔らかな印象を与えつつ、海を向いて堂々と建っている。それに面して、なみなみと水が張られた贅沢なプールが三つあり、階段状につらなっている。一番上のプールの水があふれてゆっくりと二番目のプールに流れ落ち、それが今度は三番目のプールに流れるという仕組みだ。そのさらに遠くには、プールと同じ紺碧《こんぺき》色に輝く海が見える。

プールは周囲の景色に素晴らしく溶け込んでいて、海までがそれに合わせて色づいているようだった。そして見上げれば、広大な青い空がある。ココ椰子やそのほかの熱帯樹が適切に配置されていて、景色がより美しく、より完璧に整えられている。これ以上の何かを加えても、あるいはここにある何かが欠けても、この完璧さは損なわれてしまうだろう。

絶対的な静寂、人けのない景観。

それぞれのプライベートヴィラの前には、他人の視線が届かないように造られた優美な庭があり、そこにもプールがある。宿泊客たちはおそらく、気楽なプライベートプールのほうを好むのだろう。

実際は従業員と思しき人影がちらほら見えたが、地味な色の制服を着ているために壁と同化していて、ほとんど目につかない。ときおりそっと姿を現し、点在する建物の柱のあいだを幽霊のようにするすると動く。僕はその場所にいることがだんだんと気詰まりになってきて、受付に向かった。受付では、やはり地味な色の制服を着た品のある男性が、感じよく微笑みながら迎えてくれた。

僕は、自信に満ちているふりをした。

「すみません、インターネットを使わせていただきたいのですが」

「このホテルにお泊まりですか」

どうしてそんなことを訊くのだ？　僕が宿泊客ではないことは確実にわかっているはずなのに。

僕が読んだガイドブックによると、このホテルには七十人の宿泊客に対して従業員が二百人いる。そして、従業員は毎日、宿泊客の名前を完璧に覚え、すれ違うたびに呼びかけるのだ。たとえば、「ご機嫌いかがですか、ムッシュ・スミス？」「いいお天気ですね、マダム・グリーン」「お元気そうですね、ムッシュ・キング」といった具合に。

「いえ、レギャンに泊まっています」と、僕はウソをつき、島の西側にある別の高級ホテルの方向を指差した。

「東側へ移動しているところなのですが、早急に、インターネットに接続しなければならない用ができまして……」

いずれにせよ、欧米人を追い返すようなことはしないと確信していた。

「こちらへどうぞ」

受付の男性はそう言って、瀟洒《しょうしゃ》な部屋に案内してくれた。そこにはパソコンがあり、すでに電源が入った状態で僕を待ち構えていた。部屋の広さは、僕が普段暮らしているアパルトマンとほぼ同じだ。外界から隔絶された雰囲気で、分厚い絨毯《じゅうたん》が敷いてあり、壁には木彫りのレリーフがかかっている。ドアは小さな四角い窓がついていて、その取っ手部分にまで精巧な彫刻が施されている。その部分だけで、きっと僕の航空券と同じくらい高価なのだろうと思った。

様々なワードを検索エンジンにかけ、希望どおりの情報にたどり着くのに十五分弱かかった。そこで僕が目にしたのは、老人が言っていたことを裏づける答えだった。

薬物研究所はまず、闘病中の患者ボランティアを集めた。そして半分の患者にはその病気に有効だと証明されたばかりの薬を配り、残りの半分の患者には偽薬、すなわち一見すると薬だが何の効力もない無用な物質を配った。患者たちはもちろん、偽薬を処方されたとは知らない。病気を治してくれる薬だと信じていた。

そして研究者たちはふたつの患者グループから得た結果を集計した。薬の効果を示すためには、その薬を服用した患者たちが、偽薬を飲んだ患者のグループよりもよい結果を出す必要があった。

こうしてわかったのは、偽薬が病気に何らかの影響を与えるということで、それだけでも十分驚くべきことだった。なぜなら偽薬は、実際の病気に対して、物質的には何の効果もないのだ。となると、作用するのはただひとつ、精神的なものということになる。つまり、患者がそれを薬だと思い込み、それによって病気が治ると信じるということだ。なかには実際に快復に至ったケースもあった。

まさに目を見張ったのは、治ると信じただけで実際に快復したケースの割合だ。じつに平均三十パーセントにものぼった。そしてさらに、痛みを消すこともできた。五十四パーセントの場合において、偽薬にモルヒネと同じ効果が見られた。痛みを訴え、苦しんでいた患者たちが、砂糖以外には何も入っていない錠剤を飲んだだけで、苦痛を感じなくなったのだ。

信じるだけで十分だということか……。

僕は呆然としながら、多種多様な病気に関するたくさんの同じような数字を眺めた。そして、ある数字を見つけた瞬間、キーボードの上で指が固まり、身体が動かなくなった。

闘病中の患者に化学療法の薬だと言って偽薬を服用させたところ、そのうちの三十三パーセントが脱毛したというのだ。僕はパソコンの画面の前で口をぽかんと開けていた。その患者たちは砂糖の塊と同類のものを、脱毛の副作用がある薬だと思い込んで飲んだ。そうしたところ、ほんとうに毛が抜けたというのだ！　何の作用もない砂糖の塊のようなものしか飲んでいないというのに。

僕は、老人がしつこいくらいに話していた思い込みの力というものに当惑し、身動きできなくなった。とにかく、信じられなかった。しかしながら、それらの数字は化学療法で有名なとても信頼のおける研究所が出したもので、まぎれもない事実だった。

だが、しばらくすると、なぜだか少しひねくれた気分になってきた。

それならどうして、そういった数字を広く一般に知らしめないのだ？　なぜメディアに公表しない？　そうすれば議論が起こり、より科学的な調査が行なわれるかもしれないじゃないか。心理的な現象が身体や病気にここまで影響を及ぼすなら、たとえ高価でも副作用のない薬について、もっと集中的に研究が行なわれてもいいのではないか？　なぜもっと心理的な側面からの治療方法に興味を示さないのだ？

僕はわざと、そのデータが表示された画面を開いたままにして部屋を出た。もしかしたら、次にここに入ってくる客が、大手出版社の経営者かもしれないだろう？　夢を見るのは自由だ。

去り際に、受付の男性に軽く挨拶をしたが、もちろん使用料を払おうとは思わなかった。超高級ホテルの常連客がそんなことをしたら、かえって疑わしいからだ。

11

「幸せ」について考える

「こんにちは」

いつものように出迎えてくれた若い女性に言った。

アマンキラホテルからは一時間半近くかかった。東屋と庭を見ただけで、僕は即座に現実から離れ、心底ほっとくつろいだ気分になれた。それはどことなく、前の年に使い残した日焼け止めクリームを開けたときに懐かしい匂いが漂い、心が一瞬にしてバカンスを過ごした場所に運ばれるのに似ていた。

「サンチャン先生は、今日はいらっしゃいません」

「なんですって？」

その言葉でたちまち現実に引き戻された。いない？　老人とこの場所は切っても切れない関係だとずっと思っていたので、ここに老人がいないなんて考えられなかった。

「それは、今いないということで、戻っていらっしゃるのですよね？　お待ちします」

「いえ、これをお渡しするようにと言われています」

その女性はそう言って、四つ折りにしたベージュ色の紙を差し出した。

伝言？　不在理由の説明なら、言いたいことをこの女性に口頭で伝え、それを彼女が僕に言えばすむことじゃないか。僕はその紙を受け取って広げ、彼女の存在も忘れて一気に読んだ。

次にお会いするときまでに

・あなたが思い描く幸せな人生の実現を妨げているものをすべて書き出してください。

・スクウオ山に登ってください。

サンチャン

スクウオ山に登る!? 最低でも四、五時間はかかる。しかも、この猛暑だ! アンナプルナ山じゃダメなのか!?

使いの女性は微笑みながら僕を見ていた。僕の戸惑いなどまったくお構いなしだ。

「それで、このメモのほかには、何かおっしゃっていませんでしたか。補足するようなこととか?」と僕は尋ねた。

「とくに何も。ただこれをあなたにお渡しすればおわかりいただけるだろうと」

僕がわかったのは、とにかく老人がそこにいなかったということだ。帰国まであと三日しかないというのに! 僕はひどく苛ついていた。

「明日はいらっしゃるのでしょうか?」

「おそらく」

その女性は、どちらかというと自分にはわからないという調子で答えた。

「もし先生にお会いになったら、明日の朝また来ると必ずお伝えいただけますか。それと、先生を心から信頼していますからと。何としても先生にお会いしなければならないのです」

そこまで言うと、重い足取りで車に戻った。


僕は嫌々ながら島の北部にあるスクウオ山に向かった。スクウオ山に登り、日没までに下山しようとするなら、ぐずぐずしてはいられない。

数キロメートル走ったところで、道路の端を子どもがひとり歩いているのが目に入った。八歳か、それとも十歳くらいかもしれない。僕は子どもの年齢を推測して当たったことがない。

その子どもは、僕の車に気づくとすぐに立ち止まり、親指を立てた。その子どもを拾ってやらない理由はない。車を止めると、満足そうに笑いながら車に乗り込んできた。

「名前は何ていうんだい？」

「ケトゥ」

「今日は学校、お休みかい？」

「うん、今日はお休み」

「お父さんとお母さんは？」

「ふたりとも死んじゃったよ」

僕は返答に窮して口をつぐんだ。失言だったと自分を責めたが、その子どもは変わらずニコニコしている。

「車の事故で先週死んじゃったんだ」

彼は笑顔のままでそう言った。

僕は焦った。バリの人々にとっての死は、僕らにとっての死と違うということは、もちろん知っていた。輪廻《りんね》転生を信じていて、僕らとはまったく異なる死生観を持っているのだ。彼らにとって死は特別悲しいことではない。

その子どもが微笑んでいるのを見て、僕は初めて、バリ人に生まれてこんなふうにポジティブな信仰に引き入れてくれる文化に属したかったと思った。自分自身の死をもしもまったく別なふうに受け取るとしたら、僕の人生はどのようになっていただろうかと、しばらく考えていた。

次の村でその子どもを降ろし、そのまま車を走らせた。


空には雲ひとつなく、太陽のぎらぎらした光が照りつけている。スクウオ山への登頂は間違いなくつらいものになるだろう。そもそもスクウオ山に登る勇気などあるのかと、真剣に自分に問いかけはじめていた。正直に言って登りたくなかったし、どちらにせよ、そうすることにどんな意味があるのかわからなかった。

なぜ老人はこんな課題を出したのだろう。目的は何だ？　僕たちが話したことや僕が幸せになりたいことと、どんな関係があるというのだ？　何の関係もないはずだ。だとしたら、何のために？　それにもうひとつ、これよりは関係のありそうな課題がある。そっちをがんばったほうがよさそうに思えた。

スクウオ山に近づくにつれて僕は、何とか登らずにすむ口実はないかと、考えをめぐらせはじめた。自分にウソをついてはいけない、と老人は言っていた。それなら、本心を言うと、僕はスクウオ山になんて登りたくない。それは、合理的なものに見せかけた議論をするまでもなく、明らかな事実だった。

明日、老人にほんとうのことを言おう。それにもし山に登って何かを見つけられると言うなら、老人がそれを教えてくれるだろうし、それならそれで十分だ。僕は人の話を理解することはできる。

そう決めたら、重しが取れたように、一気に心が軽くなった。次の交差点で方向転換をすると、まっすぐ東に向かった。僕のビーチに直行！

こうして僕は、日没前にビーチに着いた。車を止めて降りたところで、僕のバンガローのほうに向かって歩いているクローディアに会った。

「やあ、クローディア、最高にいい天気だね」

「ええ、今日はいいお天気だわ。でも、明日はダメみたいね」

クローディアはそう言って遠ざかっていった。

これまでずっと何の疑問も感じずに受け止めてきた、取るに足らない言葉が、今となっては耳につく。クローディアはどちらかというと悲観的で、だからよいことがあっても、心から喜べない。たぶん彼女は、よいことをただよいことと受け止めてはいけないと思っていて、何かよいことがあると、遅かれ早かれその代償を払うことになるだろうと考えるタイプなのだ。


僕は手帳と鉛筆を持って、砂の上に座り、椰子の木にもたれかかった。少し木陰になっていてちょうどよかった。ビーチには人けがなく、沖合いに漁師の小さな船が一隻浮かんでいるのが見えた。それが、果てしなく広がる水平線と僕のあいだで唯一の人間的な存在だった。

前の日にレストランで思いついたすべての事柄をメモすることから始めた。

何だか、「幸せ」という遺言を書いているような気分だった。もし僕がこのまま死んだら、相続人たちは僕が送りたかった人生を知ることになるだろう。望みどおりの人生を送るのを妨げているものは何か？　ひと言で答えるのは難しい。細かく見ていかなければならなかった。

思い起こした事柄を、ひとつずつ考え直した。そうすると、不幸なことに、夢や計画を実現することや、考えている内容を実行に移すこと、そして最終的に幸せになることを困難にしている原因が簡単に見つかった。

一時間近く書きつづけ、海に日が沈む様子を眺めていたら、とても物悲しい気分になった。

僕は、僕以外のすべての人と同じように幸せな瞬間を生きていたのだ。それなのに、自分は完璧に幸せにはなれない人間だと感じていた。幸せというのはおそらく誰かの、ある選ばれた人だけのもので、僕のものではないと思っていた。

夜の沐浴の時刻になり、僕は長い時間、とても長い時間、静かに泳いだ。

木曜日

立ち向かうべき課題

12

僕が怖がっているもの

早起きをすることが習慣になってきていた。

今日は何としてもあの老人に会いたいと僕は思った。前日に老人が不在だったことで、かすかな不安を感じていた。急いで支度《したく》をすると、メモした紙を忘れずに持ち、車に飛び乗った。

スピードオーバー気味に走りながら、もしもそこらを歩いている人をひいたとしたら、それはその人に予定より早く生まれ変わる機会を与えることになるのだろうかと、ふと考えた。


「こちらへどうぞ」

東屋の入り口でいつもの女性に迎えられ、そう言われたとき、僕は正直ほっとした。全身の力を抜いて、庭の香りのする空気を胸いっぱいに吸い込んだ。そして、サンチャン先生が現れたとき、僕は心底うれしくなって挨拶をした。

「昨日はお会いできなくて残念でした」と僕は言った。

「あなたの人生について考えるにあたって、何か進展はありましたか」

「はい」

「ほら、ごらんなさい。あなたは私に頼らなくてもだいじょうぶなのですよ」

老人は微笑みながらそう言った。

僕たちはいつものように、床の上のござに座った。

「さて、偽薬について、何か興味深い情報が見つかりましたか？」と、老人が訊いた。

「はい、仰天させられました」

僕はそう答えて、前日にアマンキラホテルで調べたことを話した。

「偽薬は、心理的なものが明らかに影響を及ぼす病気、たとえば睡眠障害のようなものには効果があるという確証が見つかるだろうとは思っていました。しかし、現実の病気にも効力があると知って驚きました。その影響が身体に現れることもあるのですね。まったく衝撃的です」

「ええ、そのとおりです」

「しかし、病気の治療に思い込みのメカニズムをなぜ利用しないのでしょう。それについての研究が十分に行なわれていないのが、とても残念です」

「ええ、しかもそれは昨日今日始まったことではありません。今から二千年前、イエスはすでにそれを実践していました」

「何ですって？」

「あまり知られていませんが、イエスは人々を癒《い》やすために、信じることをよりどころにしていたのです」

「冗談でしょう？　『ダ・ヴィンチ・コード2』でもお書きになるつもりですか？」

老人はその質問には答えずに、楠の箱のなかをのぞくと、なんと、そこから聖書を取り出した。

「あなたはクリスチャンなのですか?」

「いいえ。しかし、聖書に興味を持つのは自由でしょう」

老人はそう言うと、静かにページをめくり、ある一説を読みはじめた。

「イエスは、癒やしを求めてやってきた盲目の者たちに答えます(マタイ9:28)。《イエスはこう言ったのです。『あなた方は、わたしにそれができると信じていますか』。盲目の者たちは答えました。『はい、主よ』。するとイエスは、彼らの目に手を置いて言ったのです。『あなた方の信じたとおりのことが起きますように』》」

「イエスはほんとうにそう言ったのですか」

「ご自分で読んでごらんなさい」

老人は開いた聖書を差し出して、そう言った。「『わたしは、全能の神イエスです。わたしにはあなた方を癒やす力があります』などとは言っていませんね。

そうではなくて、自分にそういう力があるとあなた方は信じますか、と訊き、もしそう信じるならば、信じるままのことを手にすることができるだろうと言っているのです。まったく別のことです」

僕は腰を抜かした。信じられなかった。『マタイによる福音書』のそのくだりを、何度も何度も読み返した。いかにしてイエスは、二十一世紀においてさえほとんど誰も知らないことを知り得たのか。いかにしてイエスは、人間という生物の最も深い部分の機能をここまで理解し得たのか。僕は、自分が発見した事実によって動揺していることを認めざるを得なかった。

老人の声がして、はっと我に返った。

「最近、アメリカの研究者が、現代のあらゆるガン治療の有効性について調査を行ないました。複数のガン患者を対象として調査を行ない、その結果を検討したのです。しかし、結果にはかなりばらつきがあり、さらに詳しく調べることになりました。そして最終的に判明した事実があります。治癒したガン患者たちはそれぞれに様々な治療を受けたのですが、その患者たち全員に共通することがあったのです」

「それは？」

「治癒した人たちは全員、受ける治療によって必ず治ると最初から信じて疑わなかったのです。担当医師に全幅の信頼をおき、治療方法の選択においても全面的に信用していました。その患者たちにとっては、治癒は当然だったのです」

「つまり、どんな治療方法かというのはたいした問題ではなくて、治癒すると信じることが大切なのだと？」

「まあ、そんなところです」

「おかしいですよ。ガンは心身医学で治せる病気ではありません。人体内部にガン細胞をはっきりと目視することだってできる」

「ガンの原因がすべて解明されているわけではありません。遺伝的要素もあるようですし、様々な環境的要因、大気汚染、食生活なども原因のひとつだと言われています。おそらくいくつかのケースにおいて、いまだ知られていない心理的な側面に関係する原因もあるのでしょう」

「というと？」

「何年か前、到底説明のつかない厄介な出来事がありました」

「どんなことですか？」

「血液のガン、つまり白血病の兆候がある女性が、アメリカのとある病院に緊急入院しました。そしてすぐに血液検査を行ないました。すると、間違いなく白血病だと思われる結果が出ました。病院の規則により、結果を再確認するために、二度目の採血をしました。ところが、二度目の血液検査の結果は、まったく正常でした。

驚いた医師たちは、三度目の採血を行ないました。すると結果は、最初の検査のものと同じでした。医師たちは、二度目の血液検査で何か不備があり、誤った結果が出たのだろうと考えました。そして念のために、四度目の採血をさせたのです。ところが、なんと……二度目の検査と同じ結果だったのです。驚くとともに、理解できませんでした。

あとになって、その患者は二重人格者だったとわかりました。つまり、一瞬のうちに、ひとつの人格からもうひとつの人格に変わっていたのです。血液検査のたびに、たまたま別の人格が出ていて、一方の人格はガンに侵されていたが、もう一方はそうではなかった……」

「しかし、同一人物でしょう？」

「はい」

「そんなバカな！」

「不思議です。説明のしようがありません」

僕は動揺していた。そして、将来そういった方面の研究が進めば、医療において可能なことの範囲が飛躍的に広がるだろうと、あらためて真剣に考えた。

「健康に関する話のしめくくりに」と老人は言った。

「興味深い話をしましょう。どんな宗教であれ、神の存在を信じ、その宗教を実践している人は、そうでない人よりも、二十九パーセント平均寿命が長いのですよ」

「ええ、もう、何を聞かされても驚きません」

「前回お話ししたように、思い込みの良し悪しは判断できませんが、その効果には興味をひかれるものがあります。つまり、今の話のなかでは、神の存在は誰にも証明できませんが、神の存在を信じることで、長生きできるとわかっているということです」

「それなら、毎週日曜日にまた教会に通いますよ」

「いいえ、そうしたところで効果があるとは限りません。大切なのは信じる心であって、行為ではないのです。聖職者たちのように毎日繰り返すことこそが、信仰の維持につながるのです。……それはそうと、あなたがつけていらっしゃるそのペンダントは何ですか」

「これですか？」

僕は首にかけた小さな十字架を指して言った。

「ええ」

「父が生きていたときにくれたものです。僕に、幸せがもたらされますようにとの願いを込めてくれました。信心深いわけじゃありませんが、これはすごく大事にしているんです。父から譲り受けたものですから」

「ペンダントをお守りにして、出かけるときは必ずつけるという人がたくさんいますね。たしかに、私もそれはよいことだと思いますよ……」

そこで会話が途切れ、今日もまたあのべたべたする砂糖菓子を出されるのだろうかと、ふと身構えた。引きつった笑みを浮かべ、誰の気持ちも害さずにうまく逃れる方法はないものかと考えていると、あの若い女性がお盆を持って現れた。

「ご親切にありがとうございます。でも、もうお構いなく」

「わたしたちにとっては、これをあなたに召しあがっていただけることがうれしいのです」

その女性は、うろたえた僕にそう答えた。僕は、食べるしかないと思った。

「それでは、ほんの少しだけいただきます。今朝、食べすぎたものですから」

彼女はまず僕に皿を差し出し、それからサンチャン先生にも手渡して、姿を消した。サンチャン先生は僕の動揺に気づき、にっこり笑った。すっかり面白がっているように見えた。

「なぜまたウソをついたのですか」

僕は否定するつもりも、ウソを重ねるつもりもなかった。どちらにせよ、何の役にも立たなかっただろう。この老人は僕の考えを読んでいたのだ。

「あなた方の食べ物が好きではないし、バリ風に手を汚しながら食べるのが嫌だと言って、あなたを傷つけたくなかったからです……」

「もし私がそれを理解できないとしても、そしてもし私が傷ついたとしても、それは私の問題であって、あなたの問題ではありません」

「どういう意味ですか？」

「人を傷つけるのはメッセージそのものではなくて、それを伝える方法、言い方です。言動に気を配りながら伝えれば、たとえば相手の親切な心に感謝しながら告げれば、その人を傷つけることはありません。それに、もしその人がとくに傷つきやすい人だとしても、それはある意味、その人の問題であって、あなたの問題ではないのです」

「あの、僕がそうしたのは、ほんとうのことを言うよりも、そのほうが簡単だったからでもあると思います」

「それなら、そのように気を遣う必要はありません。ほんとうのことを言わないと、あなたが考えていることはまっすぐには伝わりません。そして、あなたはまたウソをつかなければならなくなります。実際、そうなったでしょう。要するにあなたはまた、意志に反する行為をすることになった……つまり、好きではないものを食べなければならなくなった。よって、あなたは二重に不利益を被《こうむ》っているのです」

「二重に？」

「ええ、そうです。好きではないものをもう一度食べなければならないうえに、またウソをつかなければならない。ウソをつくことは、何よりもまず自分にとってよくありません。マイナスのエネルギーを作り出し、自分のなかに溜め込むようなものだからです。正直になってください。そうすれば、気持ちがほぐれて、一気にぐっと心が軽くなる感じがするでしょう」

〝軽くなる〟という言葉には説得力があった。べとべととして腹にもたれる食べ物でのどが詰まりそうになっているときにはとくに、魅力的に聞こえる。

「正直といえば、じつは昨日、あなたの指示に従いませんでした。スクウオ山には登りませんでした」

「そうですか」

「登りたくなかったのです。だから登りませんでした」

「正直に話すのは、どんな気分ですか」

「気持ちのいいものですね。穏やかな気分です」

「それはよかった。もうひとつの課題はやってみましたか？」

「はい。理想的な人生について考えていることと、それから、それを実現できない原因になっているものをすべて紙に書き出しました」

僕はそう言ってメモを取り出し、夢に描いている人生について書きつけたことを読みあげた。老人は僕の話を静かに聞いていた。僕の望むことについて、誰かが何も言わず、干渉して思いとどまらせようなどとせず、よりよいほかの選択を迫ったりせずに、関心を持ってくれていると感じることは、気持ちのいいものだった。

夢を壊す人がいるという話をよく聞く。「もし私が君だったら、それよりむしろ……」などと言ったり、あるいはもっとひどいと、相手が考えていることのよくない結果を先回りして語ったりする。「そんなことをしたら、きっと何か……」。

僕がすべて話し終わると、老人は沈黙のあとで、ただこう訊いた。

「その人生であなたが幸せになれると、どうしてわかるのですか？」

「そんな気がするのです。何度も想像してみましたが、そのたびに同じように感じました。同じように満足したのです。とくに、このように生きる自分を想像すると、ほかには何も望むものがなくなります」

「この人生を生きる自分を思い描くとき、現在のあなたの状況に照らし合わせてみて、失うかもしれないものがありますか」

「何も。まったく何もありません」

「完璧です。細かい話に入る前に、あなたの考えを確かめておきたいのですが、あなたが今、望みどおりの人生を送っていない原因は何だと思いますか。あなたの歩んでいる道が、歩みたかった道と大きく違ってしまったのは、なぜなのでしょうか？」

「まず、普通にしていてはあまりチャンスがないと思います。人生に成功するためには、チャンスが必要ですが、僕はそんなに運がいい人間じゃありません……」

「あなたはさっき、信心深い人間ではないとおっしゃっていましたが」

老人は微笑みながら言った。

「迷信的な方なのですね。私はチャンスというものを信じていません。それぞれの人生において、じつは誰もがあらゆる種類のたくさんのチャンスに出会っていて、違うのはただ、それに気づいてつかむことができるかできないかだと思っているのです」

「そうかもしれません……」

「たしか、最近ヨーロッパでとても面白い実験が行なわれました。自分は運がいいと思っている人とそうでない人を無作為に選んで、実験を受けさせたのです。全員に新聞を配り、時間を与えて、その新聞に掲載された写真の数をきっちりと数えてもらいました。数ページ進んだところで、新聞の真ん中に大きな広告を入れました。とても大きな文字でこう書いたのです。《これ以上数える必要はありません。この新聞には四十六枚の写真が掲載されています》。

自分は運がいいと思っている人たちはみな、そのメッセージを読んで数えるのをやめました。そこで新聞を閉じ、調査員にこう言ったのです。『写真は四十六枚です』。さて、運が悪いと思っている人たちはどうしたと思いますか」

「さあ……。きっとその人たちは、どこかに罠《わな》があるに違いないと思ったのではないでしょうか。だから、確信を得るために最後まで数えて、それから答えたのではないかと」

「いいえ。たしかに彼らは新聞の最後まで数えました。しかし、なぜ広告を信じなかったのですかと訊くと、こう答えたのです。『広告？　どんな広告ですか？』。つまり、誰もその広告に気づかなかったのです」

「面白いですね、たしかに……」

「ええ、あなたにもほかの人と同じくらいチャンスがあるのです。ところが、おそらくあなたは、自分に与えられたチャンスに気づいていない」

「そうかもしれません」

僕はこれまでの人生でどんなチャンスを逸してしまったのだろうと考えた。もし、そのチャンスに気づいてつかみ取っていたら、どんな人生になっていただろうか。

「さて、それでは、あなたの夢の様々な要素を見ていきましょう」

「基本は、結婚写真を撮る個人スタジオを開いて独立することです」

「素晴らしい。それでは、何がそれを妨げているのですか」

「じつを言うと、この計画自体にはとてもひかれるのですが、自分にはできないのではないかという思いがとても強いのです」

「どうしてできないと思うのですか」

「そんな気がするのです。まず、今の職業や日々の生活からかけ離れています。落差が大きすぎて、もしかしたら僕自身ついていけないかもしれません」

「もし、そういう予感がするだけなら、それが現実なのか、あるいは自分で勝手に限界を決めてしまっているだけなのか、わかりませんね」

「おそらく」

「《自分には何らかのことができない》と、どんなふうに思い込みはじめるか、知っていますか」

「いいえ」

「どこかに問題があって、それはしばしば無意識のうちに形成されるのですが、それに対して答えが見つからないときに、そう思い込みはじめるのです」

「おっしゃる意味がよくわかりません」

「たとえば、あなたが《どうすれば僕はこの計画を実現できるだろう?》という問いに答えられないとします。すると、あなたは《自分にはこの計画は実現できない》と考えてしまうおそれがある。自分で勝手に限界を決めてしまうのです……。そこで質問です。その計画が日の目を見るために、あなたはどのようなことをするつもりですか」

「わかりません」

「そうでしょう。この質問に答えられないうちは、夢を実現できるという気持ちにはなれないのです」

「そうですね」

「この質問に答えるためには、もっと細かな部分を検討する必要があるでしょう。というのも、あなたは計画の大まかなイメージは持っていますが、それが少し曖昧なのです。だから実現できないのです」

「そのとおりです。気持ちはあるのですが、どうすべきかという明確な計画がありません。結果を想像するときは前向きな気持ちになりますが、それに至る道筋を考えると後ろ向きになってしまって……」

「そうでしょう。夢を実現するためにやらなければならないことをすべて正確に書き出して、計画の実体を明らかにするのです。そして、それぞれの事柄について、できることと、自分にはまだできないことを書き留めます。そうしたらあとは、あなたに欠けている能力を身につける方法を見つけるだけです」

「学ばなければならないけれど、今の時点ではまったく門外漢だ、というものがかなりあります。たとえば、ある意味では、やはり小さな会社の経営に関することを知らなければならないし、あるいはさらにビジネスセンスも必要です。というのも、自分を売り込まなければならないし、お客も見つけなければなりません。問題は、そのための教育を受ける時間もお金もないことです」

「では、もっと柔軟に考えてみてください。何も、講義を受けるばかりが勉強ではありません。たとえばあなたのまわりに、あなたにはない能力があって、それを教えてくれそうな人はいませんか」

「上司がいくらかそんな能力を持っていますが、そんなことは絶対に頼めません」

「それじゃあ、ほかには？」

「以前、僕が勤めていた学校の校長がいます」

「いいじゃないですか。それなら協力してくれるように頼めるでしょう」

「いえ……」

「何が妨げになっているのですか」

「ダメだと思います……」

「なぜ？」

「わかりません、個人的なことで迷惑をかけたくありません」

「どうしてそれが迷惑だとわかるのですか？」

老人は、まるで僕が自分は占い師で、他人が思うことを前もって察知できるのだと告げたかのように、驚いた顔で言った。

「たぶん、親しい間柄でも家族でもない人間を助けるために、貴重な時間を使いたくないと思います」

「もしあなただったら、あなたの仕事のことで助言を求めにきた人を助けてあげませんか？」

「いえ、もちろん助けてあげます」

老人は僕の目をじっと見つめた。

「それなら、何を怖がっているのですか？」

老人はきわめて優しい声で言った。

またしても、老人の指がしかるべき場所を押してくれた。場所さえ正確ならば、強く押さずとも効果がある。

「怖がっている」という言葉が、妙に心に響いた。しばらくのあいだ、その言葉が胸のなかでゴングのように鳴りつづけ、そのゴングの振動が、僕のひねくれた心の奥深くまで入り込んできた。そしてふたたび表面に浮き上がってきたものがあった。

それが、答えだとわかった。

「手ひどくあしらわれるのが怖くて、だから危険を冒したくないのです」

そう考えただけで、実際に前の上司に追い払われたかのように恥ずかしい気持ちになった。

「あなたは混同しているのです。あなたの恐怖心はそこから来ています。要求を却下されることと、人として拒絶されることを同じものと考えているのです。頼んだことを断られたからと言って、嫌われたり、あるいは敬意を払われなかったりしているわけではありません」

「おそらく」

「それに、その人の反応がネガティブなものかどうか、まだはっきりとはわからないでしょう。他人に代わって答えることはできません。質問をして初めて、答えがわかるのです」

「僕はそれほどマゾヒストではないと思います」

「恐怖心の大部分は、心が生み出したものです。理解できないかもしれませんが、まずは、頼み事をするために他人に働きかけることができなければなりません。人生で成功する人は、こういった能力を持っているのです」

「僕にはそういう能力はありませんが、たぶん何か別の力が……」

「他者に向かう能力を絶対に自分のものにするべきです。他者に向かい、支援や支持、援助、助言、触れ合うことを求めなければ、人生において、たいしたことはできません。あとでお帰りになる前に、この点についてあなたが進歩できるように、ひとつ任務を与えましょう」

どこか別の山を登ってこいとか、サメのあいだをぬって海峡を泳いで渡れなどと言われなければいいがと祈る気持ちで、老人の言葉を聞いていた。

「僕の計画を実現するために学ばなければならないことについてですが、じつは問題になりそうなことがあります」

「何ですか？」

「スタジオを自分ひとりでやっていくのは無理なのです。とくにこういったスタジオでは、接客したり電話を取ったりするスタッフが必要です。だから、ひとりかふたり、人を雇わなければならないと思います。それが頭の痛い問題なのです」

「何がおっしゃりたいのですか？」

「実際のところ、心配なことがあるとしたら、それは僕が人の上に立つタイプの人間ではないということです」

「どうしてそうだとわかるのですか」

老人は少し面白がっているように言った。

「校長が一日不在になることがあったのですが、校長に、何かあったときには自分の代わりをするようにと言われました。学校にはつねに責任者がいなければならないのです。

そして、間の悪いことにその何かが起こったのです。同僚の教師が体調不良を訴えたため、責任者である僕が、彼のクラスの生徒たちをほかの教師に振り分けなければならなくなりました。しかし、クラスによって終業時間が違うため、生徒を振り分けられた教師たちは残業を強いられることになります。したがって、予定外の授業をすることを拒否し、文句を言う人が出てきたのです。そのため僕はひとりひとりと交渉しなければなりませんでした。でも無駄でした。最悪の結果になりました。結局、すべての生徒を僕のクラスに集めたのです。しかし生徒全員が入るには教室が小さすぎました。泣きはじめた生徒もいました。もうどうすることもできず、収拾がつかなくなってしまって、翌日、校長の顔には明らかに軽蔑の色が見てとれました。僕は、もう二度と人の上に立つようなことをするものかと思いました」

「あなたはたった一度大変な思いをしただけで、自分はそのことに向いていないと決めてしまうのですか？」

「〝大変な思い〟どころではありません。失敗です」

「その後は一度も挑戦していないのですか？」

「しないようにしているのです」

「歩く練習をしている赤ん坊を見たことがありますか？」

「赤ん坊といっしょにしないでいただきたい」

「赤ん坊は、じつに多くのことを我々に教えてくれるのですよ。歩く練習をしている赤ん坊を見てごらんなさい。一度で成功すると思いますか？　立ち上がろうとすると、おっと！　転びます。つらい失敗です。しかし、すぐに再挑戦します。また立ち上がって……また転ぶ。赤ん坊は歩けるようになるまでに、平均二百回は転びます」

老人は微笑んで、さらに言った。

「もしもすべての赤ん坊があなたのようだったら、街は四本の足で這いまわる人間であふれ返ってしまうでしょう」

「つまりあなたは、一度失敗したことがもとで、僕がまた少し自分に限界を決めているとおっしゃりたいのですね」

「ええ。それはともかく、おそらくあなたはマネジメントに関しての正式な教育を受けたほうがよいでしょう」

「前にも言いましたが、それには時間もお金もかかるんです。そして僕には、時間もお金もたくさんあるわけじゃありません」

「バリ島でのバカンスほどではないと思いますが」

「バカンスと週末は別です。僕にとって休暇は侵しがたいものなのです」

「自分にとって一番大切なことは何か、選ぶのはあなたです。夢を実現させるか、あるいは休暇を楽しむか」

老人は、僕の意見を決して惑わすことのない、完璧に中立的な口調で言った。

「夢は実現させたいですが、バカンスなしではいられません」

「この夢を実現させることがあなたにとっての幸せになるだろうとおっしゃいましたね。バカンスはあなたを幸せにしてくれるのですか」

「話が極端すぎます。バカンスは楽しいし、僕にとって必要なものです」

「人には選択をしなければならない状況があります。自分が最も心にかけていることに向かうために、大切に思っていることをあきらめざるを得ない場合があるのです」

老人はこれ以上ないくらいあっさりと言った。

「どんなことであれ、あきらめるのは嫌いです」

「何かをあきらめなければ、何かを選ぶことはできません。そして選ぶことをしなければ、自らが望む人生を生きられません」


老人は優しさにあふれた目をして、穏やかにそう言った。

僕は心を決めることを避けながら生きてきたのだろう。だから苦しみも感じなかったのだ。僕の不幸の原因はそこにあるのではないかとそのとき思った。

「いいですか」と老人は続けた。

「バカンスに出かけるのをやめさせようとしているわけではありませんよ。私はただ、努力をする心積もりがなければ、そしてもし必要とあらばそのためにいくらかの犠牲を払わずには、人生の夢を実現させることはできないということに気づいてほしいのです」

もちろん、もっともなことだと思った。しかし、そう決心したからといって、すぐに努力をしたり犠牲を払ったりできるわけじゃない……。きっとそれができるように生まれた、そんなタイプの人間がいるのだろうとは思う。だが、明らかに僕はそうではない……。

「自己の理想をしっかりと達成できるように自らの道を進んでいくことは、ときに山登りに似ています。挑戦して初めて、それに要する努力が、たどり着いたときに感じる満足感を増大させるということがわかるのです。積み重ねた努力が大きければ大きいほど、幸せの度合いは大きくなり、長く心に残ります」

僕はその言葉の一言一句をすべて理解した。そして、スクウオ山に登らなかったことに関して何も言わずにいてくれたことに感謝した。

「さて、どうしましょうか……」老人はつぶやくように言った。

「選択や努力、犠牲について、あなたにじっくりと考えていただく方法を見つけなければなりません……」

それでも僕は運がよかった。この人は、僕が守れなかった約束を別のかたちで果たせるようにと手段を考えてくれるくらい、僕に関心を持ってくれている。そしてそれは、何としても僕が学ぶべきことを学べるようにするためだった。

「今日はこれくらいにしておきましょう」と老人が言葉を継いだ。

「ただし、明日までにやってほしいことがあります。今現在欠けている能力をすべて身につけた数カ月後の自分を想像してほしいのです。写真家になった自分を思い描いて、どんな気分かを教えてください」

「わかりました」

「最後にひとつ。助けを求めるために他人に働きかけることへの恐怖感、つまり拒絶への恐怖心を取りのぞくために、課題を出すと言いましたね」

「はい」

「それでは、明日お会いするまでに、誰でもかまいません、誰かに話しかけて、何か頼み事をしてください。どんなことでもいい。ただし、ひとつだけ念頭に置いておいてほしいことがあります」

「それは何ですか？」

「その人から否定の返事をもらうのです」

「何ですって？」

「お聞きのとおりです。話しかけた人が、あなたの要求を断るように仕向けてください。もっと正確に言うと、話しかけた人がはっきり『ノー』と言うように導くのです。その言葉は声に出して言わせなければなりません。あなたの使命は、今から明日までに五つの『ノー』を集めることです」

「きっとそれほど難しくはないでしょう……」

「それでは、十分に楽しんでください。明日の朝、ここでお待ちしています」

老人は立ち去る準備をしながら言った。

「ひとつだけ言っておきたいのですが、僕は土曜日にはバリ島を発って帰国します」

「もうですか？　あと三、四回はお会いしたほうがいいと思いますが」

「明日はだいじょうぶですが、僕は土曜日の午後の便の飛行機に乗らなければなりません。土曜日の朝、会っていただけますか」

「土曜日は、午前中は難しいですね」

「残念……、ほんとについてない！」

「もしあなたが土曜日に会いたいとおっしゃるなら、飛行機のチケットを変更して、日曜日に帰ることにすればよいでしょう」

老人はそれが当然だというように言った。

「そんな簡単なことではありません。僕が持っている航空券は、日付を変更するにはものすごく高い手数料を払わなければならないのです。それに、月曜は仕事があります。飛行時間がとても長いので、そうなると空港から直接授業に行かなければならなくなります。それは避けたいのです……」

「まあ、まだほかに重要なことが残っているかどうか、土曜日に何としても会う必要があるかどうか、明日になればわかるでしょう」

13 「ノー」を集める

不意に、帰国までわずかな時間しか残っていないことに気づいた僕は、すぐに行動に移したくなった。今回のセッションで、前回命じられてやらなかった課題が意味のあるものだったとわかった。だから今度は、今日指示されたことをしっかり果たそうと思ったのだ。

大嫌いなことをするのはたしかに気が進まなかった。人に声をかけて、自分のために何かをしてくれと頼むなんて嫌だった。しかし、それが実際に、僕にどんな結果をもたらしてくれるのか知りたい気持ちがあった。というのも、そのときにはもう、老人がすることにはすべて意味があると確信していたのだ。

したがって僕はウブドへ行った。欧米人を見つけられる場所でなければならなかった。バリ人に話しかけたところで骨折り損だと思ったのだ。バリの人々は、「嫌です《ノー》」と言うことを知らないのだから。

さて、何から始めればいいだろう。頼み事をして、その人に拒否してもらわなければならない。つまり、普段はそうならないように細心の注意を払っている結果に達するために、手はずを整えなければならない。要求を却下させ、決定的な否定の言葉＝「ノー」を五回言わせる。面白いかも！

午後の賑やかな時間で、メインロードはかなり活気があった。完璧だ。人が多ければ、少し恥ずかしいことを続けざまにしても、比較的簡単に隠せるだろう。

「タクシー！　タクシー！」

何人かのバリ人が、行き交う旅行者に呼びかけている。そのうちのひとりに声をかけられた。そこで僕はここぞとばかりに笑いながら言ってみた。

「お金を持ってないんだ。クタまでタダで乗せてもらえるかな？」

「五万ルピアだ。支払いは帰りでいいよ」その男はにっこりと笑って言った。

「ダメ《ノー》だ、お金がないんだ。サービスしてもらえないか？」

「わかった、感じのいい人だから、特別に三万ルピアだ」

「違う《ノー》よ、タダだ。サービスしてくれ」

「それじゃあ、二万ルピアならどうだ？」

「ダメ《ノー》だって、払えない」

「わかった、クタへ行こう。お金のことは、あとで話し合えばだいじょうぶだ。さあ、乗って！」

「いや《ノー》、いいんだ、別の方法を考えるよ、ありがとう」

僕はだんだんと気詰まりになってきた。

「いえいえ、乗ってください、だいじょうぶだって言ってるでしょう！」

「いいんだ、ありがとう、ほんとにありがとう」

「さあ、どうぞ」

「もう結構《ノー》、気が変わったんだ、クタには行かないことにした。それじゃあ」

その男は、僕が去っていくのを面白そうに眺めていた。「まったく理解できないねえ、欧米人ってのは」とでも言っているようだった。

ああ、無駄骨だった。

たしかに五回「ノー」を聞いたが、言ったのは僕だ！

それに、無駄だとわかっていながら、どうして僕はパリの人間に声をかけてしまったのだろう？

たぶん簡単だったからだ。パリの人々はとても穏やかで、親切で、僕と同じフランス人や欧米諸国の人たちよりも気安くなれる。

明白な事実を認めなければならなかった。僕は拒絶されることをあまりに恐れるがゆえに、その恐怖に立ち向かうよりも課題の難しさが増すほうを無意識のうちに選んでいたのだ。

とにかく、勇気を奮い立たせ、苦悶《くもん》に挑み、五つの「ノー」をすぐに集め、人けのない僕のビーチに走って戻り、隠れるのだ。

あたりを見渡してみた。メインロードの狭い歩道を行き来する人たちが大勢いる。画廊から出てくる人もいれば、欧米人向けに綿密に研究して作られたポスト・コロニアルなインテリアのこぎれいなカフェへ入っていく人もいる。人々は地面に散らばっているお供え物を踏みつけないように気をつけて歩いていた。

誰にでも、何でもいいから、思い切って尋ねてみなければ。そのとき、金髪の大柄なアメリカ人女性が目の前に現れた。青緑色《ターコイズ》のスカートをはいていて、あざやかなピンク色のブラウスからは、豊満な胸の深い谷間がのぞいている。彼女はアイスクリームショップから出てきたところで、アイスクリームがこんもりと乗った大きなコーンを持っていた。

「すごいですねえ、あなたのアイスクリーム」と僕は言った。

「おいしいのよ！」彼女はじつにおいしそうに目を輝かせて答えた。

ふっくらとした厚い唇は、こぼれたアイスクリームで濡れてつやつやしていた。

「味見させてもらえませんか？」僕は勇気をふりしぼって尋ねた。

「まあ！　どうぞ。面白い人ね」彼女は目をきらめかせ、貪欲《どんよく》そうに微笑んで言った。

彼女の視線を見るかぎり、彼女が舐めていたアイスクリームに僕に口をつけさせることは、濃厚なキスをすることとほぼ同じだと思っているようだった。

「ほんとにいいんですか？　ダメですよね？」

「もちろんいいわよ、どうぞ」

彼女はこちらに歩み寄りながら、貪《むさぼ》るような目で僕を見て言った。

「ノー、冗談です、冗談」僕は無理やり笑って言った。

「だいじょうぶよ、食べてみて。ほら」

「ノー、結構です、ちょっと言ってみただけですから……。ただちょっと、あの……。それじゃあ、失礼します。ごゆっくり召しあがってください」

硬直してしまったかのように、コーンをぎゅっと握りしめ、訳がわからない様子で、歩道の真ん中に立ちつくす彼女を残して、僕はその場を去った。アイスクリームが溶けて、大きくて太い指にたらりと垂れていた。

またしても失敗。しかも、困ったことが起きた。僕は真っ赤だったし、おそらく彼女を傷つけてしまった。

歩調を速め、最初の交差点を左に曲がった。そして、心を落ち着かせながら、しばらく人混みのなかを歩いた。次は何を頼んでみようかと考えていると、木製の門に《プリンガ・ジュイタ》と書かれた看板がかかっているのが目に入った。そのまま進むと、密生する植物の向こうに、木々に隠れてホテルのバンガローがいくつかあった。その門から旅行者がふたり出てきたので、近寄って話しかけてみた。

「すみません」と僕は言った。

「このホテルにお泊まりですか？」

「ええ」

「僕は、島の東側に滞在しているのですが、車が故障してしまって、明日まで直らないのです。でも、ホテルに泊まるお金もありません。不躾なお願いだとはわかっていますが、あの、今晩あなた方のお部屋に泊めていただけませんか。野宿はしたくないんです」

ふたりは一瞬、驚いて見つめ合った。そして、片方が言った。

「車が故障ですか?」

「はい」

「修理屋さんに泊めてくれるように頼んでみましたか?」

「いえ」

「ここの人たちはすごく親切だから、きっと家に泊めてくれるか、近所の誰かのところを紹介してくれますよ。私たちの部屋にお泊めできればいいのですが、そうするには狭すぎるので。よろしければ、ホテルに掛け合ってみましょうか。一週間宿泊しているので、顔見知りになってきているし。満室でしょうが、お客の友人となれば、誰か泊めてくれる人を探してくれるでしょう」

「いえ、自分で何とかします。ご親切にありがとうございました」

「そうですか」

「ええ、ありがとうございました」

「がんばってください」

「ありがとう。それでは」

畜生！　どうしてひと言「ノー」と言ってくれないんだ⁉

ふたりが角を曲がって姿を消すのを見送りながら、思っていたより面倒なことになりそうだと感じはじめていた。

そのとき、別の旅行者がホテルから出てきた。僕はもう一度同じ手を使ってみようと身構えた。しかし、その男性のしなやかな身のこなしやファッション、すっとした顔立ち、耳から下がるピアスを見て、とっさに思いとどまった。だってそうだろう？　その男性がもし僕の要求を受け入れてくれてしまったら……。

僕はもと来た道を引き返し、メインロードに戻った。相変わらず大勢の人がいた。話しかけた人が拒否せざるを得ないような、何かとんでもないことを見つけなければならない。何だろう……何だろう、そうだ……お金だ！　ああ、そうだ、お金だ！　誰だって自分のお金のことになれば、用心深くなるし、もっとずっとストレートに嫌だと言うだろう。

僕は郵便局の入り口の前に立って、そこから最初に出てきた人に話しかけた。白髪混じりのショートヘアの、五十歳くらいの女性で、どちらかというと男っぽくて、性格がはっきりしていて、何のためらいもなく「ノー」と言いそうに見えた。理想的な獲物だ。逃す手はない！

「すみません、どうしても海外に大切な電話をかけなければならないのですが、持ち合わせがなくて。郵便局の電話を使いたいので、五百ルピア貸していただけないでしょうか」

「緊急の電話なの？」その女性はいくらか高圧的な口調で言った。

「はい」

「どこにかけるの？」

女性は眉をひそめながらまっすぐに僕の目を見て言った。

「フランスです」

「長くかかる？」

まるで警察の尋問を受けているような気がした。

「はい、五分か、おそらく六分」

「わたしのホテルへいらっしゃい」とその女性は言った。

「すぐそこよ。わたし、プリペイドカードでホテルの電話が三回無料で使えるの。だから、きっかり三分間使っていいわ。それ以上はダメよ」

「せっかくですが、それでは足りません。六分お借りできませんか？」

僕は自分で自分がわからなくなっていた。こんなに厚かましい要求をしたことなど、これまで一度もない。それも、見知らぬ僕を助けるためにテレフォンカードを三分間使ってもいいと言ってくれた、このうえなく親切な女性に対して……。

「三分あればきっとだいじょうぶよ、さあ！」

その女性は僕を引っ張りながらそう言った。

「必要なことだけにしぼるの。人生においてもとても役に立つことよ」

まったく、誰も彼もが僕に人生の助言をしたがる。

「いや、しかし……あなたのホテルまで行ってご迷惑をおかけするわけにはいきません。ありがとうございました、何とかやってみます」

「迷惑じゃないわ」

彼女はホテルへの道を僕に示して歩きながら、有無を言わせぬ口調できっぱりと言った。

「しかし、きっとあなたご自身で必要になるでしょう。あなたの通話料金をいただくわけにはいきません」

「いいのよ、難しく考えないで。自分が困るなら、使っていいなんて言わないわ」

十分後、僕は自宅に電話をかけていた。留守番電話を相手に急いだ調子で話をしたのだ。そして二分後に受話器を置いた。

「あなたのおっしゃるとおりでした。二分でだいじょうぶでしたよ」

「よかった！　それで、用件は片付いたの？」

女性はお偉い役人のような口調で言った。

「ええ、何とお礼を言ったらいいか」

「これくらい、お礼なんていいのよ」

「じゃあ、その……、さようなら、お元気で」

「それじゃあ。覚えておいてね、人生はね、目的に向かってまっすぐに突き進まなくちゃいけないのよ」

彼女は僕が去っていくのを見ていて、十メートルほど先で振り返ると、彼女自身が明らかに満足して……、そして、僕の望みとは逆のことをしたとは微塵《みじん》も思っていない様子で、微笑んでいた。

精神的に打ちのめされた僕は、冷たいものでも飲もうと思い、最初に目についたヨギーズというカフェに入った。この調子では、五つの「ノー」を集めるのに一週間かかりそうだ。憂鬱だった。

しかし、ドアを開けていったんなかに入ると、その静けさが、僕の投げやりな気持ちと対照をなしていて、即座にゆったりとした充足感で包まれた。木製の優雅なヴェネチアンブラインドで和らげられた光、低い肘掛け椅子、ローテーブル、低音量で流れるシャーバン・ヤヤ（１９９０年代前半にウブドで流行していたニューエイジ音楽の旗手）の音楽、小声で話すお客たち……。しばらく身体を休め、自分のなかの新しい力を見つけるには理想的な場所だった。肘掛け椅子に腰を下ろし、積み重なった緊張をほぐしながら、アイスティを注文した。

自然と目を閉じ、肺に溜まった空気をゆっくり静かに吐き出す。一時間くらい息をするのを忘れていたような気がしていた。新しい空気を吸い込むと、鼻腔がひんやりとして、アイスティとお香の混ざり合った芳しい匂いにうっとりとさせられた。吸い込んだ空気は気管支を通り、ごく細かい枝部にまで行き渡りながら、充足感を与えてくれる。僕はしばらくのあいだそうして、無重力状態にあるかのように、何も考えず、じっとしていた。

ふと目を開けると、まるで幻のごとく、僕の席から数メートル離れたところのクッションスツールに、若い女性が座っているのが見えた。僕が店に入ってきたときには、その女性はいなかったはずだ。それとも、すでにそこに座っていたのに、心配事に気を取られていて目に入らず、くつろいだ気分になってようやく気づいたのだろうか。

その女性はとても痩せていて、横から見ると、小さな背中がくっきりとした自然な曲線を描いていた。栗色の長い髪が首のところでまとめてあって、そのうなじの細さがわかる。ローテーブルに置いてあった本を読みふけり、右手に小さなスプーンを持って、湯気の立つ紅茶のカップをただ機械的にくるくるとかきまわしている。

彼女の飾らない気品に、僕は長いあいだ見惚れていた。動きを止めて、カップを唇に運ぶ。そのふっくらとした美しい唇は木苺《フランボワーズ》を思わせる。カップを戻しながら、彼女は僕のほうにそっと顔を向けた。その視線が僕に止まる。まるで僕の存在に気づいていて、こちらに注意を向けるべきタイミングをはかっていたかのようだった。

目と目が合い、しばらく離せない。その時間が僕には永遠に思えた。僕の目は彼女の視線にしっかりと絡めとられて、瞬《まばた》きさえできなくなっていた。

僕と彼女との距離がズームしたように縮まって、まわりのすべてが曖昧になり、あるいは消えてしまった。ブラックホールのような虚無に包まれ、僕を吸い込む美のサイクロンの目に向かい合っていた。流れている音楽がはるか遠くに感じられ、しかし同時に、僕の内部から生じているようでもあった。

その女性はにこりともしなかった。表情がまったく変わらなかった。ただ繊細な鼻腔だけが、呼吸に合わせてごくわずかにふくらんだ。

彼女が考えていることを読み取ろうとしたところで、また、彼女の視線が物語っていることを理解しようとしたところで、無意味だっただろう。そのとき僕らがいたのは思考も言葉も理解も超えた場所だった。お互いの魂と魂が対話していた。そこには魂しかなく、僕らの理解を超えるものに意味を探したところで無益だった。それに、僕は何も欲していなかったし、何も必要としていなかった。僕はもう僕ではなく、僕自身を超えていた。

そのわずかな時間、僕らはおそらく、言葉を交わさずに通じ合い、伝え合うことのできる次元に到達していたのだ。

僕はこんなふうにねじれた時間を経験したが、それが実際どれくらい続いたのか、はっきりとはわからない。ボーイが伝票を持ってきて話しはじめたときに、交信が絶たれた。ボーイに応じ、お金を探し、支払いをして、お釣りを受け取るあいだに……彼女はいなくなっていた。現れたときと同じように、突然消えていた。彼女を捜しても、急いで外に出ても、そこにいる人たちに尋ねてみても無駄だという気がした。彼女を見つけ、知り合って、話をしても、もっとスピリチュアルなレベルでふたりが経験したことを世俗の次元に引き戻すだけにすぎなかっただろう。それに、完璧なものに何かを付け加えたら、完璧さを損ない、そこから遠ざかり、結局は完璧さを失ってしまう。いずれにせよ、それは人間関係の基礎にはならない。完璧さの上には何も築くことはできない。人生は決して完璧ではないのだ。

それからもうしばらくヨギーズでぼんやりしていたが、不意に課題を思い出して店を出た。そのあとは様々な人に話しかけ、いろいろなタイプの要求をして過ごした。僕の要求はどんどん受け入れがたいものになっていった。ところが、ひとつとして明快で純粋な「ノー」を得るには至らなかった。人々は僕の要望を部分的に聞き入れてくれたり、直接的ではないにせよ僕の欲求に応える何らかの方法を見つけようとしてくれたりした。

僕はかなり悔しい思いで一日を終えようとしていた。なにしろ当初は、この課題をうまくやり遂げるという確固たる意志を持っていたのだ。

最終的には、幸いにも、街角で不意に見かけた人物がかろうじて面目《めんぼく》を保たせてくれ、目的を果たせずに帰ることはまぬがれた。

「ハンス！　ハンス！」

僕は遠くから声をかけた。

「ハンス、お金を貸してくれない？」

14

ゲームを終えて

あっさり手に入った勝利をかみしめながら、バンガローに戻った。ふさぎこむ顔や凍りつく視線、鼻の上に深い皺が刻まれるくらいにひそめた眉、固く結んだ唇を見てこんなにも喜びに満たされたのは、これまでの人生で初めてだった。

その場面はスローモーションで、それも一挙手一投足を千分の一秒までしっかりと享受できるくらいゆっくりと過ぎていくように感じていた。だから今でも、ついさっきのことのように何から何まではっきりと思い出せる。

ハンスの口が開き、舌が口蓋《こうがい》を離れたその瞬間、吐く息がムチのように空気を打つ乾いた音を発し、拒絶を示す魅惑的な言葉を形成した。それは僕が午後のあいだじゅうずっと、必死で手に入れようとしていた言葉だった。

その場面を繰り返し何度も見られるように、ビデオに撮っておきたかったくらいだ。もう少しで両腕を広げ、膝をついて、空を見上げてしまいそうだった。そう、テニスのグランドスラム大会のトーナメントの決勝戦で、勝利をおさめた直後のチャンピオンがするように。あるいは、ハンスの首に飛びついて、感謝をこめてキスを浴びせていたかもしれない。

しかし僕はにっこり微笑み、黙って彼を見つめただけで、彼がでたらめな言い訳や安っぽい道徳でもって、自分の立場を正当化するのを楽しみに待った。ところがハンスは黙ったままだった。しばらくして僕が、これは冗談で、実際は金など必要ないのだと告げると、ようやく彼は笑った。ほっとしたような、けれど最初に金を貸してくれと頼んだときに見せた引きつった顔はそのままの苦笑いだった。

僕は、勝利に気をよくしたその勢いで二点目を獲得した。クタの旅行代理店に電話をかけると、はっきり「ノー」と言われたのだ。六百ドルの手数料を払わずに航空券の変更をすることは不可能だった。これほど悪い知らせをこんなにも上機嫌で受け入れたのは初めてだった。

有頂天になった僕は、前の上司にも電話をかけた。時差を計算しなかったが、どうやらベッドから引きずり出してしまったようだった。眠そうな声をしていて、真夜中に電話が鳴るなんて何事だろうか、こんな時間に堂々と眠りから覚まさせるなんていったいどんな恐ろしい知らせだろうかと、不安に思っているようだった。

興奮している僕とは対照的に、上司は半睡状態だったが、僕はかまわず自分の計画について熱心に語った。彼は電話を切ることなく僕の話を聞いてくれて、少し時間を作って専門的な話をいろいろ聞かせてもらえないかと尋ねると、あっさり承諾してくれた。おそらく、僕の電話が祖母の死やテロリストによる襲撃で学校が爆破されたなどという知らせではなかったことに安堵《あんど》していたのだろう。

五分の二という成功率は、終わってみれば初心者にしてはまずまずで、胸をなでおろし、落ち着いた気分で、いつものビーチに戻った。そして夜はそこでふたつ目の課題に取り組んだ。新しい職業的アイデンティティに対する心の声を聞くために内省し、写真家になった自分を思い描いたのだ。

夜の沐浴は、このうえなく甘美だった。ひどく疲れはしたが勝利を得た一日のあとで、あらゆることから解放され、ゆったりとした、幸せなひとときだった。

金曜日

そして僕は決断をくだす

15 理想を現実にする方法

「さて、『ノー』を集めるのは予想どおりに簡単でしたか」

「いいえ、簡単ではありませんでした」

僕は正直に答えた。

老人は笑いながら、蓮華のポーズでござの上に座った。僕はまたこうして向かい合っていられることを幸せに思いつつ、老人を見た。

老人の穏やかで泰然とした顔が好きだった。

人生に対して、実際以上のものをいっさい期待せず、みだりに何かを求めることもなく、特別な欲望を持っていない人の顔。現状をあるがままに受け入れ、そうしている状態を他人に示す、とらえようによっては模範となる人物だった。

「拒絶を恐れる人たちは、他人に拒否されることなど稀だと、まったく気づいていません。実際は、拒否されるのは難しいとさえ言えます。人というのは、おおむね、むしろ他人を助けたり、失望させないようにしたり、他人が望むことの方向に動いたりするものです。もうおわかりでしょうが、思い込みのメカニズムがあって、拒絶されるのではないかと危惧していると、実際にそうなってしまうのです」

「たしかに」

「他人に働きかけ、必要なことを頼めるようになれば、可能性がぐんと広がります。他人に心を開いて生きていくべきです。自分の殻に閉じこもっていてはいけません。誰かとつながるように努力することは必ずプラスに働きます」

昨日の……、自分とハンスのつながりについて考えた。いずれにせよ、楽しい時間を過ごしたし、考えてみれば、ハンスだって軽蔑というよりむしろ同情してくれていた。

「やはり、あなたのおっしゃるとおりだと思います」

「それでは、なりたいと思っていた人物になった自分を想像することはできましたか」

「ええ、まさにそれについてお話ししたかったのです。じつは、それに関してひとつ問題があります」

「よかったですね、計画を実行に移す前に気がついて……」

「ええ、もちろん、そのほうが……」

「何が問題なのですか？」

「写真家に、つまりアーティストになった自分を想像しても、あまりうれしくないのです」

「具体的に何が不満なのですか？」

老人は相手の心を開くような優しい口調で言った。

「あの……何と言ったらいいか……僕の育った家庭では、知的な職業しか高く評価しないのです。両親は僕に高等教育を受けさせました。僕には選択の余地がなかったのです。僕の家では、科学者か教師なら尊敬されます。このふたつぐらいです。そのほかは真面目な職業とはみなされないのです。だから、写真家は……」

「それもひとつの考え方でしょう。しかし、あなたの人生はあなたが好きなように生きる権利があります」

「もちろんです。この年齢ですから、親に弁明はしませんが、相当ショックを与えるでしょう。両親を悲しませるのが怖いのです」

「ご両親は今、あなたが仕事で輝いていないのを知って、悲しんでいらっしゃいませんか。あなたを励ましてくださいましたか？」

「いえ、べつに」

「あなたを愛していらっしゃるご両親は、あなたにどうあってほしいと思っているると思いますか？　不幸な教師でいてほしいでしょうか。それとも、溌剌《はつらつ》とした写真家でいてほしいでしょうか」

「そう考えると……」

「そう考えなければならないのです。自分の理想に合った行動をするときしかその人を愛せないとしたら、それは愛ではありません……。ですから、あなたを愛してくださる人たちのことは、何ひとつ恐れなくてよいのです。どんなに優しい家族に囲まれていても、みなそれぞれに自分の人生を生きるべきです。他人に迷惑をかけないようにと自分がすることの影響を考えるのはかまいませんが、いつも他人の希望どおりにいくわけではないし、あなたの行動に対する他人の評価を逐一《ちくいち》気にすることなどもっとできません。それぞれの人が自分自身の判断に責任を持つ。他人の意見は関係ないのです」

きっと老人の言うとおりだ。だが、まだ何かがすっきりしなかった。

「実際、僕の家族は僕をいったいどこまで〝堕落〟させないようにしたのでしょう。この計画のことを考えるとワクワクするのですが、学問的な分野から離れて芸術的な分野に入るということを、心の底からうれしくは思えないのです」

「今は分野について議論するときではないと思います。まして、分野に属するということについては。あなたにとって大切なのは、ある分野を離れて、ほかの分野に移るということではなくて、ずっと心に抱いている計画を実現させることです」

僕はしばらくぼうっと思いにふけった。老人の言葉にとても心を打たれたからだったが、老人はまだ僕が行き詰まっていると感じていたのかもしれない。

「私といっしょに来てください」

老人はゆっくりと立ち上がりながら言った。

その動作を見たときに、老人がとても高齢だったことを思い出した。話しているあいだは、穏やかではあっても、はっきりとした口調で、年老いた印象を受けなかったのだ。

僕も立ち上がり、老人のあとについて歩いた。老人はいくつもの様々な東屋のあいだを抜け、鬱蒼《うっそう》とした林のなかを蛇行する小道に入った。植物が密集していて、どこまでが庭なのかわからない。僕たちは一列になり、しばらく黙って歩いた。その後、道幅が広くなったので、僕が前に出て老人の横に並んだ。

あちらこちらに植物を栽培するごく小さな区画があって、丹念に手入れされている。おそらく薬用植物だろう、そのうちのいくつかは黄色や青の小さな花を咲かせていた。

巨大な竹が密生して青くさい匂いのする林は、薄暗く、しっとりとした空気に包まれていた。そこを抜けると、道は突然、目がくらむほどに深い谷の上に突き出した岩棚に出た。村が高台にあることは知っていたが、庭の奥が、二、三〇〇メートル下に数キロメートルに渡って広がる低地を見下ろすようになっているとは、思いもしなかった。

谷を見下ろす、空中に浮かんだようなこの眺めは――僕たちは宙づりになっているみたいだった――、植物が密生していてまったく見通しのきかない庭のほかの部分とは対照的だった。

僕たちは横に並んで岩の上に腰を下ろした。両足を虚空に投げ出して座ると、しばらく無言で壮大な景色を見つめた。自分がとてつもなく小さなものに思えた。

沈黙を破ったのはサンチャン先生のほうだった。

老人は落ち着いた優しい声で言った。

「水田に何が見えますか？」

遠くはるか下のほうに、十人ほど農民がいて、ふくらはぎの半分くらいまで脚を水につけ、背中を丸め、両手を稲に伸ばしていた。

「労働者の集団が水田で働いているのが見えます」

「いえ、労働者の集団ではありません」

「それじゃあ、農民のグループと言えばいいですか？」

「いえ、集団でもグループでもありません」

ああ、また言葉のゲームだ、と僕は思った。

「地球上に何人の人間がいるか、知っていますか？」と老人は言った。

「六十億から七十億のあいだです」

「それでは、人間はそれぞれいくつの遺伝子で構成されているか、知っていますか？」

「わかりません、数千個ですか？」

「三万よりやや少ないくらいです。六十億の人間のなかで、すべての遺伝子が同じという人は絶対いません。絶対にです。わかりますか？　六十億の人間がいて、ひとりとして同じ人間はいないのです」

「はい、僕たちはみな、ただひとりだけの人間です」

「そのとおり。何人かが同じ時間に、同じ場所で、同じ仕事をしていても、その人たちを集団やグループとみなしてはいけません。なぜなら、その人たちにいくつか共通する点があるとしても、仕事に関連する共通点以上に、各人を区別する要素が必ず存在するからです」

「おっしゃりたいことはわかります」

「我々はときにカテゴリーに分けて考え、ひとつのカテゴリーのなかではみな似た者だとみなす傾向があります。ところが実際、ここの下に見える水田には十人ほどの農民がいますが、それぞれが固有のアイデンティティ、固有の歴史、特有の個性、独特な嗜好《しこう》を持っています。

農民たちの半数以上は村で暮らしていて、私は彼らと面識があります。この仕事をする動機だけを見てみても、それぞれ違います。ある人は水に触れているのが好きだからこの仕事をしていますが、その隣の人は、選択の余地がないからですし、三番目の人は、以前の仕事よりも少し実入りが多いからです。さらに四番目の人は、お父さんを手伝うためです。五番目の人は、植物の世話をしたり、その植物の成長を見るのが好きだからです。六番目の人は、この仕事が代々受け継がれてきた家業で、ほかのことをするという考えが浮かばなかったからです。

グループや集団、分野に分けて考えるとき、我々はひとりひとりの特徴や能力、その人が世にもたらすものを考慮に入れません。そして、すぐさま単純化したり一般化したりしてしまいます。たとえば労働者、役人、科学者、農民、芸術家、移民、資本家、主婦というように話します。思い込みに都合のよいカテゴリーの理論を作ってしまうのです。これらの理論は大部分が間違いであるだけでなく、理論が作ったカテゴリーに当てはまる人間になるようにと人々を煽《あお》ります」

「わかります」

「人というのは、すべての人々、つまり全人類のうちのひとりであり、さらには宇宙の一部ではあるのですが、一般化せず個々に考えることができるようになれば、それは人生における大きな進歩です」

僕は眼下に何キロメートルにも渡って広がる低地を見た。僕らの正面、低地を挟んだ反対側にはほとんど山に近い別の丘があった。僕らがいるところとほぼ同じ高さだが、対岸との距離が数百メートルあるため、巨大な渓谷のような地形ができていて、その底部は見えないほどに深かった。

僕たちより低いところにも、そして頭上にも雲が浮かんでいて、ふたつの世界のあいだに浮かんでいるような気がした。絶え間なく吹く微風が暑さを和らげ、ふんわりと香りを運んできたが、ほのかに感じる程度で、何の匂いなのかわからなかった。

「さて、話を戻しましょう」と老人が言った。

「はい」

「ずっと心であたためていた計画なのですから、それを実行に移すときには、何であれ自分をカテゴリーに当てはめてはいけません。自己の価値観に合わせて才能を示し、あなたはあなたでいてください」

「そうですね。しっかり覚えておきます」

「そうしてください」

「じつは、この計画について親しい知人ふたりにすでに少し話をしたことがあるのですが、ちょっとやる気を削《そ》がれてしまいました」

「なぜですか？」

「ひとりは僕にこう言いました。この職業は間違いなく排他的な世界で、僕がこんなふうに資格もコネもなく始めたところで自らの地位を確立することはできないだろうと。もうひとりは、こういうジャンルの仕事を顧客を持たずに始めてもすぐにはうまくいかないし、成功するチャンスはないに等しいだろうと反対しました」

「何らかの計画を実行しようとする人はみな、この問題にぶつかります」

「というと？」

「計画について周囲の人に話した場合、三つのタイプの反応があるでしょう。興味を示さないか、激励してくれるか、あるいは計画を断念させるような否定的な反応をするかです」

「そういう人、いますね」

「ですから、やる気を削がれるかもしれないと感じる人からは、何としても離れなければなりません。少なくとも、そういう人に計画について話すべきではありません」

「ええ、しかし、間違った道を進もうとしているときには、誰かがそれに気づかせてくれたらありがたいですよね」

「それなら、あなたが興味を持っている分野に詳しい人だけに声をかけることです。自分たちの心理的欲求を満たすためだけにあなたのやる気をなくさせようとする人には、打ち明けてはいけません。

たとえば、あなたがうまくいかないとうれしく思う人がいます。そういう人は、あなたがうまくいかなくなるためには何でもします。あるいは、あなたが夢を実現させるのを見たくない人もいるでしょう。というのは、あなたの成功を見ると、自分には夢を実現させる勇気がないということを再認識するからです。また、あなたが困難に直面することで自分の評価が上がると感じる人もいます。あなたを助ける機会が得られるからです。その場合、あなたの考えた計画がその人たちの助言なしに進むことを好ましく思いません。そして、その人たちはその計画を断念させようとあらゆる手を尽くすでしょう。しかしその人たちを恨んでも仕方ありません。無意識でやっているからです。ただあなたは、そういう人に自分の計画を打ち明けないほうがいい。自信を失うだけですから。

昨日、赤ん坊の話をしたのを覚えていますか？　歩く練習をしている赤ん坊は、何度転んでも決してあきらめないという話です」

「はい」

「根気よく続ければ、最後には成功する。それはとくに、どんな親も自分の子は歩くことができると信じて疑わないからで、何度転んで何度挑戦しても、誰もやる気を削ぐようなことを言わないからです。ところが大人になると、夢を実現させようとするのに水を差す人が多い」

「たしかに……」

「だから、あなたはそういう人たちから離れ、そういう人たちに計画の話をするのをやめるべきです。さもないと、望みどおりの人生を送っていない何百万の人たちと同じになります」

「わかります」

「反対に、あなたを信頼してくれる人がひとりかふたり、まわりにいてくれることは、とてもプラスになります」

「僕のことを信頼してくれる人、ですか？」

「賭けとも言えるような計画に身を投じるとき、たとえば仕事を変えたいと思うときには、必ず気持ちの浮き沈みがあります。その仕事に憧れ、やりたいと思い、けれど突然、疑念を持ち、熱意がなくなり、実現できると思えなくなり、変化や未知の世界を恐れるようになる。そういうときにひとりきりだと、計画を断念したり放棄したりする確率が高くなります。

しかし、もし周囲にあなたを信頼し、あなたの計画が成功すると信じてくれて、その計画が成功するだろうと会うたびに感じさせてくれる人がひとりでもいたら、疑念はなくなり、魔法にかかったように恐怖心が消えるでしょう。その人が証明してくれる自信が、どんどん広がります。自信を持つと、物事を成功させる力が湧き、大山を動かすエネルギーを与えられるのです。

計画を実行するとき、誰かがいてくれると人はずっと強くなれます。ですが、よく聞いてください。助けてもらったり、助言を与えてもらったりする必要はありません。そうではなくて、何より重要なのは、その人があなたを信頼してくれているということです。駆け出しの時期にそういった支援を受けた有名人がどれほど大勢いるかを知ったら、きっと驚かれるでしょう」

「そんな人が僕の近くにいるかどうか……」

「それなら、もっと範囲を広げて考えてみてください。お祖父さんとか、幼なじみとか、普段あまり会わない人でもかまいません。もしどうしても見つからなければ、すでに亡くなっていて、生前あなたを可愛がってくださった方でもいいでしょう。その人のことを考えて、《どこにいようとも、僕がこの計画を立てるのを見て、きっと応援してくれている》と思うのです。疑念を持ったらすぐに、その人のことを考えて、その人があなたの成功を信じて励ましてくれるところを想像してください」

「それなら、祖母です。祖母はいつも僕を自慢に思って見てくれていました。学校のテストで悪い点数を取ったとき、両親には叱られましたが、祖母はこう言いました。『だいじょうぶよ、次はきっとよい点数が取れるわ』」

「よい例ですね。神の存在を信じ、神から行動力をもらう人もいます。ナポレオンは、自分はよき星のもとに生まれたと信じていました。ほとんどの戦闘において、劣勢で始まったときでさえ、自分はそのよき星に助けられて勝つと確信していたのです。そのことが彼を猛烈に発奮させ、しばしば彼に決定的な勇気を与えました」

「そういえば、幼いころ、猫が大好きな友達がいました。その女の子は、飼い猫の目を見るとどんなときも自分を守ってくれているのがわかると言っていました。彼女の両親は厳しくて冷淡な人たちでした。悲しいときにも慰めてくれるような人たちではなかったのです。それで彼女は猫に救いを求めたのです。猫を可愛がり、つらいことを猫に語っていました。猫のほうはのどを鳴らしながら、深く優しい目で彼女を見つめ、自信を取り戻させました」

「そういうこともきっとあるでしょう。動物はしばしば飼い主に対して無条件の愛情を持ちます。そしてその愛情が飼い主を著しく元気づけるのです。

愛情には疑いなくさまざまな効力があります。愛情があれば、人生において行き当たる問題の大部分を解決することだって可能なのです。単純で月並みな考えに思えるかもしれませんが、しかし、それを実践する人はほとんどいません。なぜなら、愛情を与えるということはしばしば難しいことだからです」

「しかし、絶対に好きになりたくない人がいます。故意に好かれないようにしているのではないかと思うような人もときどきいます」

「辛辣《しんらつ》な人もいます。そういう人は、自分自身を好きではないのです。見ていて痛ましい人もいます。大変な苦労をして、世界中の人に報復したいと思っています。なかには、誰かほかの人のせいでそうなったのだから、不愉快な態度をとって自分を守ろうと考える人もいます。誰かにひどく裏切られ、これ以上他人に何も期待しなければ、もう裏切られることはないだろうと考えて、心を閉ざしてしまう人もいます。あるいは、利己主義の人もいます。というのも、そういう人は世界中の人がみな利己主義だと思っていて、だから他人に先んじていればより幸せだと信じ込んでいるのです。

こういった人々すべてに共通するのですが、もしあなたがそういう人を好きになったら、それはその人たちの不意をつくことになります。なぜなら、その人たちはそれを期待していないからです。それに大部分の人は、最初は信じようとしないでしょう。それがとてつもなく異常なことに感じるからです。しかし、もしあなたが辛抱強く好きでいつづけて、たとえば見返りを期待しない行為などでそういった人たちを慌てさせることができたら、その人たちの世界の見方や、あるいはさらに、あなたとの関係をも一変させることができるでしょう」

「そう思えればいいのですが、そういう人たちにプラスの感情を持って向かっていくのは容易ではありません」

「それらすべての人たちにもうひとつ共通点があります。それは、それぞれの行為の後ろにそれでもやはりプラスの意図があるということです。それがわかれば、もっと簡単です。彼らは、自分は最善を尽くしている、もっと言えば、できうる唯一のことをやっていると思い込んでいます。したがって、たとえ行為が非難されるべきものであっても、彼らの行為を動機づけるものには、多くの場合納得がいくのです。

こういった人を愛せるように、彼らの行為を正しく見極めてください。嫌悪されるべき態度であっても、心の奥のどこかに、たぶんとても深いところに、その人自身も気づいていない何かよいところがあると考えてください。もしその何かに気づくことができて、それを好きになったら、あなたはその小さな部分をその人自身に気づかせてあげられるでしょう。そう、愛することは、他人を変えることのできる最良の方法なのです。

もしあなたが誰かに、その人がしたことを咎《とが》めながら近づいたら、その人はますます自分の考えに固執して、あなたの意見に耳を傾けなくなります。拒否されたと感じて、あなたの考えを受け入れないでしょう。反対に、その人の行動や言動がひどかったとしても、根はいい人で、プラスの意図があってそうしたのだと確信して近づいていけば、気持ちを楽にさせ、あなたが言いたいことに関心を向けさせられるでしょう。それが、その人に変化するチャンスを与える唯一の方法です」

「そういえば、何年か前にラジオでこんな話を聞きました。フランスでの出来事です。

ある女性が帰宅する途中、連続強姦犯にあとをつけられたのです。女性が家のドアを開けたとたん、男が襲いかかってきて、部屋に押し込まれました。男は武器を持っていましたが、女性は護身具も持っておらず、武器で脅されて叫ぶこともできなかったので、とっさに男に話しかけたのです。何とか会話をしようとしたのですが、男に話をさせることはできませんでした。しかし、話しかけられた男は少し動揺していたそうです。襲った相手に話しかけられるなんて、思ってもみなかったのでしょう。

女性は恐怖に襲われながらも、それを必死に押し隠し、質問をしては自分で答え、とにかく話しつづけました。万策尽きたと思ったそのとき、女性はふとひらめいてこう言ったのです。『でもあなた、どうしてこんなことをするの？いい人なのに』。のちにその女性が記者たちに話したところによると、犯人はその言葉を聞いて嗚咽《おえつ》を漏らし、涙にくれながら自らの悲惨な人生を語ったそうです。一方、彼女は激しい恐怖を隠しながら、懸命に男の話を聞いていたそうです。そして、結局自分から去っていったのです」

「それは極端な例でしょう。ですが、たしかに人は見られ方によって振る舞いが変わったり、見られている自分を自分だと思い込む傾向があります。人はみな誰にでも長所と短所があるということを理解しなければなりません。それらのなかでとくに注目したものが、ふくらんだり伸びたりしがちなのです。長所に光を当てれば、それがたとえごく小さなものであっても際立ち、さらに発展して卓越したものになります。

だから、自分の周囲で、あなたの人間性や長所、可能性を信じてくれる人を見つけることが重要なのです」

16

運命の主人《あるじ》

「この計画でほかに気がかりなことはありますか。あるいは、この計画を実行する自分を想像したときに、どうもしっくりこないと感じることはないですか？」

「はい、あとひとつだけあります」

「どんなことですか？」

「夢のなかで、僕は金持ちになっていました。庭付きの一戸建てを買えるくらいの金持ちです。しかし、実際そのように考えてみても、あまりうれしくありませんでした。僕は金持ちに向いていないのだろうか、心の底では金持ちになることをさほど望んでいないのだろうか、と思ったのです。要するに、それが何だか悲しいのです」

「いよいよ本題ですね」

「えっ？」

「遅かれ早かれ、この問題が出てくると思っていました」

「なぜですか？」

「お金の問題には、あらゆる幻想や展望、恐怖心、憎悪、羨望、嫉妬、劣等感、優越感、ほかにもたくさんのものが明確なかたちとなって現れるからです。あなたとお金の話をする必要がなかったとしたら、それこそ驚くべきことだったでしょう」

「この一語にそれほどたくさんのものが隠れているなんて……」

「さて、包み隠さず話してください。お金に関して、何が不安なのですか」

老人は相変わらず優しい口調だったが、どこか前よりも楽しんでいる感じがした。まるで、その質問にはもうすっかり慣れ切っていて、僕が話そうとしている問題がどんなものであろうと、まったく驚かないと思っているように見えた。

「じつは、その問題について少し葛藤があります。僕のなかにいるひとりの自分はお金持ちになりたいと言うのですが、もうひとりの自分はお金持ちになりたいとは思わないし、それは汚いことだと思っているのです」

「ということは、問題は、あなたのなかのふたりの自分にどのように折り合いをつけさせるか、ということなのですね？」

「面白い表現ですね。いやたしかに、そう言えます」

「それでは、まず初めに、お金持ちになりたいほうのあなたが望んでいることを話してみてください」

「お金があると、ある程度の自由が得られる気がするのです。つまり、裕福であればあるほど、他人に頼らずにいられる。そして結果的に、他人には関係なく、時間も行動も自由になる」

「まったくの間違いというわけではありません。ほかには？」

「えっと、ある程度の物質的な快適さを得られます。きれいな家でゆったりと暮らせたら、騒々しくて汚らしい界隈にある、ふた部屋だけの北向きのみすぼらしい小さなアパルトマンで生活するより、もっと簡単に幸せになれるだろうと、つい思ってしまうのです」

「ある程度の物質的な快適さを求めるのは、悪いことではありません。それに、実際そのほうが何かと便利です。もっと正確に言えば、物質的な快適さが幸せをもたらしてくれるわけではありませんが、反対に、物質的な快適さが欠如していると、幸せがおびやかされたり、幸せでいられなくなったりすることがあります」

「そのとおりだと思います」

「ただし、私が強調したいのは、物質的なものが幸せをもたらすわけではないということです。大勢の人がこの考えに賛成していて、ときには声高《こわだか》に主張する人もいます。ところが、そういう人たちも心の底では無意識のうちに、物質的な快適さがあると幸せになれると思い込んでいます。したがって、裕福さをひけらかす人がいると、その人たちの振る舞いを非難するのですが、そこにはじつは軽い嫉妬が含まれています。心のどこかでその人たちをうらやみ、その人たちが自分よりも幸せだと思い込むからです。こういった思い込みをしている人は非常に多く、物質的な快適さが幸せをもたらすわけではないという主張を持つ人のなかにも実はそう信じている人がいるのです」

「ええ、そうかもしれません」

僕はある女友達を思い出した。彼女は裕福な人や物質的な快適さしか考えない人をとても激しく批判していたが、どこか怪しげだった。そういう人たちに無関心でいられないこと自体、裕福な人たちのお金に特別な反応をしている証拠で、どうでもよいことではなかったのかもしれない。

「たしかに、そういった思い込み自体が不幸の原因です。なぜなら、その思い込みが人々を果てしない欲望に駆り立てるからです。人は、物や車、衣服、その他あらゆるものを欲し、そのものを所有することで心が満たされると信じはじめます。そのものをみだりに欲しがり、望み、そしてついにそれを手に入れると、あっというまにそれを忘れ、別のものに目を移します。きっとそれを手に入れたら心が満たされるだろうと、また思うのです。

この探索には終わりがありません。フェラーリに乗っていても、豪奢《ごうしゃ》なアパルトマンに住んでいても、プライベートジェットで旅行をしても、まだ持っていないヨットを所有すれば自分は幸せになるだろうと思い込むものなのですが、人々はそのことを知りません。もちろん、フェラーリに縁のない人たちは不快に感じ、自分たちは今ある状態よりほんの少し裕福になるだけでも満足できるのにと思うでしょう。豪奢なアパルトマンを望むのではなく、今よりほんの少しだけ大きいアパルトマンであればいいのにと思うのです。そうすれば満足できて、それ以上何も望まないと確信しているのです。

しかしそこが間違いなのです。憧れる物質的な快適さの水準がどんなものであっても、人はそこに達するとすぐに、それ以上のものを望みます。まさに果てしない欲望です」

老人の言葉は僕の心に特別に響いた。ふと子どものころのクリスマスを思い出した。僕はサンタクロースにあてて、欲しかったオモチャのリストと手紙を書き、すごく興奮していた。そのオモチャを手にすることができる日をじりじりしながら待ち、何週間もずっとそのことを考えていた。

クリスマスイヴの夜、興奮は頂点に達した。モミの木から目が離せなくなり、その根元を見つめながら、もう翌日の幸せな光景を想像していた。翌日は終わりのない夜になるのだと思いながら眠りについたものだった。朝早くに目覚まし時計を見るのが楽しみだった。

ついに、その日がやってきた！　応接間のドアを開け、イルミネーションで飾られたモミの木の下に様々な色の紙でラッピングされたプレゼントを見つけると、ものすごくうれしい気持ちでいっぱいになった。ドキドキしながらすべての包みを開け、延々と続く家族の食事から何とかして逃れようと画策しながら、一日の大半をもらったばかりのプレゼントで遊んで過ごし、大人たちには大人たちの退屈な会話をさせておいた。

しかし、覚えている。夜が近づき、太陽が地平線に向かって傾きはじめると、喜びはだんだんと涸《か》れていった。新しいオモチャはもはや僕のなかにそれほどの楽しみを生み出さなくなっていた。

僕は前日のワクワクする興奮をもう一度感じたくなっていた。もう一度時間を戻せたらいいのにと思っていたのだ。

ある年のこと、オモチャを夢に見ることは、結局はオモチャそのものよりも幸せにしてくれるのだと思ったことを覚えている。待つ時間が結果以上に楽しかったのだ。

僕がそう言うと、老人は微笑みながらこう言った。

「親が子どもに言う最大のウソは、サンタクロースがいるということではありません。そうではなくて、そのプレゼントが人を幸せにするという言外の約束にあります」

低地で働く農民たちを見て、彼らにも年に一度、子どもたちにプレゼントを山ほど与え、幸せをもたらそうとする慣習があるのだろうかと考えた。

「さて、これで」と老人が言葉を継いだ。

「お金持ちになりたいと願うあなたが存在する理由はわかりました。それでは今度は、この考えを拒否する、もうひとりのあなたについて話してください」

「僕はお金というものに少しうんざりしている気がします。この卑《いや》しい世界で大切なのはもはやお金だけで、お金が人々の関心事の中心になっているのではないかと思うことがあるのです」

「たしかに、お金が適切でない使い方をされていることがあります。残念なことです。なぜなら、お金は素晴らしい発明品なのですから」

「どういうことですか?」

「お金は本来、単に人々が何かを交換し合うことを容易にするための手段だったのですが、それがしばしば忘れられているのです。交換するのは財産ばかりでなく、能力や労働、助言の場合もあります。お金というものがなかったころは、物々交換をしていました。何か必要なものがあると、それと交換に自分が与えるものに興味を持ってくれる人を見つけなければなりませんでした。簡単ではありません……。お金というものができて、それぞれの財産や労働を評価できるようになると、財産や労働との交換によって集めたお金で、今度はほかの財産や労働を好きなように手に入れられるようになります。それには何の不都合もありません。ある意味、お金が循環すればするほど、交換が盛んに行なわれるとも言えるでしょう。そしてさらに……」

「そう考えると、素晴らしいですね」

「ほんとうはこうでなくてはならないのです。他人のために自分ができること、あるいは仕事や能力の成果と交換に、ほかの人ができて自分にはできないものを手に入れる。それにお金は貯めるものではなく、使うものです。みながこの原則から出発すれば、失業などなくなるでしょう。人が互いに与え合うことのできる労働に限界はないのですから。人々の創造力に対してお金を使い、その計画を実行できるように協力し合えばいいのです」

「それなら、なぜお金は汚いものになってしまったのですか？」

「それを理解するには、まず重要なふたつのポイントを把握しなければなりません。どのようにお金を稼ぐか、それから、どのようにお金を使うかということです。

自己の最善を尽くし、能力を使って生み出されたのであれば、お金は清らかなものです。そういうときは、お金を得る人にほんとうの満足感を与えます。しかし、顧客や協力者など、他人につけ込んで得たものであるときは、象徴的にマイナスのエネルギーとも言えるもの――ペルーのシャーマンたちはそれを〝ウシャ〟と呼びます――を生み出します。この〝ウシャ〟はすべての人の足を引っ張り、心を汚《けが》し、最後には、略奪した者もされた者をも不幸にします。略奪した者のほうは何かを得たような気持ちになるかもしれませんが、その人のなかにこの〝ウシャ〟が蓄積されて、幸せになることを次第に妨げていきます。そして、どんなに富が蓄えられたとしても、年老いたときに、それが顔に現れるのです。一方で、自己の最善を尽くし、他人を尊重しつつお金を稼ぐ人は、調和よく成熟しながら裕福になれます」

僕は『ドリアン・グレイの肖像』を思い浮かべずにはいられなかった。醜い魂を持つ人間を描いた、オスカー・ワイルドのこの驚くべき小説では、人間のその悪行のたびに、絵に描かれた顔が変化していく。肖像画の顔にはだんだんと悪意の跡が増し、最後には醜悪なものになる。

「あなたは、お金の使い方も重要だとおっしゃいましたが……」

「はい、稼いだお金を、誰かほかの人が仕事を求め、才能や能力を発揮する可能性を得られるために使うのであれば、お金はプラスのエネルギーを生みます。しかし反対に、物質的財産を溜め込むことに満足すれば、人生は意味を失います。そうして少しずつ人間性を失っていくのです。

あなたのまわりを見てみてください。何も与えることなく溜め込むことに人生を費やしてきた人たちは、他人から遊離しているのではありませんか。真の人間関係を失ってしまったのです。誰かに心から関心を持つことも、誰かを愛することも、できなくなっているのです。いいですか、そんな状態になったら、幸せではありません」

「何だか不思議な感じがします。遠く離れたアジアの国で、霊的指導者《スピリチュアルマスター》に会い、お金の話をしているなんて！」

「実際は、お金そのものの話をしているわけではありません」

「えっ？」

「人生においてあなたが自分自身に定めている限界について話しているのです。お金はあなたの可能性の暗喩《メタファー》でしかありません」

僕は両足を空中にぶらつかせ、目の前に開けた広大な空間を見つめた。熱気をはらんだ風が絶えず静かにそよいでいて、その香りが僕の鼻をくすぐり、耳もとでざわめく。

「結局、おそらく僕は今、お金は十分に持っていて、これ以上必要ないのです。ところで、あなたはお金にこだわりを持っていらっしゃらないようですが、どうして大金持ちになろうと思われないのですか？」

老人は微笑み、それから僕に答えた。

「その必要がないからです」

「それならどうして、僕がもっと裕福になれるように力を貸してくださっているのですか?」

「おそらくですが、まずお金を稼がなければ、そこから離れられないと思うからです」

「僕は最初からお金には執着していませんが……」

短い沈黙のあと、老人は言った。

「それは執着していないのではなくて、初めから、あ、あきらめているのです」

その言葉が深く胸に響いた。老人の声が心のなかでこだまし、震えつづけている気がした。

老人は正しいと、またしても認めなければならなかった。

「ヒンズー教の世界観では」と老人が言葉を継いだ。

「お金を稼ぐことは立派な目的と考えられていて、それも人生の様々な局面のうちのひとつです。ただし、そのことに心を囚《とら》われすぎないようにする必要があります。そして、成功した人生を送るために、ほかの何かに向かって進展していかなければなりません」

「成功した人生って何ですか？」僕は少し無邪気に尋ねた。

「成功した人生というのは、自己の願望に従って生き、自己の価値観に合った行動をし、その行為に最善を尽くし、ごく自然にありのままの自分でいられる人生。そして、可能であれば、ごくつましくても、ごくわずかだとしても、自分というくくりを越えて、自分以外の何かに貢献し、人類に何かをもたらす機会を与えられた人生です。風に運命をゆだねた小さな鳥の羽根。ほかの誰かのための微笑み……」

「ということはまず、自分の願望を知らなければなりませんね」

「そうですね」

「自己の価値観に合った行動をしているかどうかは、どうすればわかりますか」

「自分が感じるものを待つのです。もしあなたの行為が自己の価値観を尊重するものでなければ、あなたはどこか気詰まりな感じがしたり、軽い不快感を抱いたり、あるいは罪悪感を持ったりするでしょう。これが、あなたにとって重要なこととあなたの行動が矛盾していないかどうかを自問するべきだというサインです。一日の終わりに、たとえ副次的な行為であれ、その日自分が成し遂げたことに満足しているかどうか、自分に問うこともできます。それがとても重要なのです。自己の価値観を冒瀆《ぼうとく》する行動をとると、人間として進歩することも、ただ健康でいることさえもできません」

「健康と関係づけたのは面白いですね。学生のころ、夏のアルバイトとして保険会社で電話営業の仕事をしたことを思い出しました。電話をかけて、保険への加入を勧誘するのです。会社側は、電話をかけた人のうちの四分の三が、キャッシュカードに含まれるサービスとして、知らないうちにすでにその保険に入っていることを知っていました。しかしそのことに気づかせずに、すべての人にその保険への加入を提案しなければなりませんでした。

その夏、僕は人生で初めて突然のひどい湿疹に見舞われました。病院に行きましたが、医師にもその原因を特定することはできず、通常の治療では何の効果もありませんでした。僕はあきらめるしかありませんでした。湿疹は広がりつづけ、結局僕はその仕事を辞めました。そんな状態で会社に行くのが恥ずかしかったからです。一週間後、湿疹はすべてきれいに消えました」

「確信はありませんが、それはおそらく、あなたが他人から尊敬され、信頼され、誠実でありたいという価値観を持っていて、それなのにそれに矛盾した行動をしていたので、そのことを知らせるために、身体がメッセージを発したのでしょう」

「たしかに、それは僕の根底にある価値観です」

「そうでしょう」

「あなたは、自分のなすことに自己の最善を尽くさなければならない、ともおっしゃいましたね？」

「はい、それは幸せの鍵のひとつです。いいですか、人間はいいかげんに生きても満足を見出せますが、開花するのは自己の強い欲求があってこそです。なすべきことにしっかり集中してこそ能力をうまく使うことができるのだし、新しい挑戦をするたびに幸せを感じられるのです。仕事が何であれ、能力がどんな水準であれ、これはすべての人に対して言えることです。

そして我々の幸せは、間接的であっても、ささやかであっても、自らの仕事が誰かに何かをもたらしたときに大きくなるのです」


その瞬間、記憶が四年前にとんだ。僕はモロッコのマラケシュにいた。一日の終わりに、ジャマ・エル・フナ広場をあちこち見て歩いていた。

日が落ちて、広場はうっとりするような雰囲気に包まれている。たくさんの屋台が炭火を焚き、肉を焼いている。その炎が行き交う大勢の人たちの顔をほんのりと明るく照らし、巨大な影をおどらせている。メルゲスという香辛料のきいたソーセージの焼ける匂いと、湯気を立てるクスクスの匂いがせめぎ合う。あちらこちらに、もぐりの大道商人の姿が見える。

なかには近くのなめし革工場で出来上がったばかりの革製品を売る者がいて、すっぱいような強烈な臭いを放っている。そうかと思えば、彫刻が施された銅製の大きなお盆を並べている者もいて、そのお盆が炭火の明かりを反射させ、人々の顔やターバン、ジェラバというフード付きの長衣を金色に輝かせている。大きな話し声も、耳につくタンバリンの音や蛇使いの笛の調べに紛れていく。

五十がらみの小柄で痩せた男に声をかけられたとき、僕は目を大きく見開き、この驚くべき雰囲気に魅了され、様々な香りや目に映るもの、聞こえてくる音に感覚を満たされて歩いていた。満面に笑みを浮かべたその男の顔には、アフリカの強烈な太陽の光を受けてすでに深いしわが刻まれていた。彼は煙がもうもうと立つ屋台と陶器を売る商人に挟まれて、踏み固められた地面に直に置かれた木箱に腰掛けていた。

僕はその男に微笑み返し、座るようにすすめられた椅子に目をやった。その男が何を生業《なりわい》としているかがわかったのはそのときだ。靴磨きだった。

僕は微笑んだ顔をこわばらせ、わずかに身体を固くした。報いるところの少ない労働を強いられる職業について考えると、いつも落ち着かない気分になる。靴磨きはおそらく僕が最も受け入れがたい職業だ。なぜなら、職人が客のいるところで、その目の前で、客自身に対して行なう仕事だからだ。それぞれの姿勢にも精神的な苦痛を感じる。客は高い椅子に座って状況を見下ろし、靴磨き職人はその下で、うずくまって座り、あるいは地面に膝をつく。僕はそれまで一度として、こういった類のサービスを受けたことがなかった。

男は輝くような微笑みを変わらず僕に向けながら、ふたたび僕を誘い、優しくも執拗《しつよう》に迫った。僕みたいな欧米人は、おそらく彼にとっては理想的な客だったのだろう。外国人という立場ゆえに、僕の不快感は確実に強くなっていた。欧米人である僕が尊大な姿勢で靴を磨かせている様子を、現地の人々に見せたくなかったのだ。そんなのは、植民地主義者にお決まりの悪いイメージだ。

僕の居心地の悪さが伝わったのか、あるいはそれを躊躇《ちゅうちょ》していると勘違いしたのかはわからない。おそらく単に、彼の提案に対して冷淡ではなかったことで、客にできるという希望を持ったのだろう。依然として微笑みながら立ち上がると、僕に近寄ってきた。断る隙がなかった。

男はいつのまにか僕のところにかがみこみ、古くなった僕の靴を眺めまわしながら診断をくだし、新しさを取り戻すことができるかどうかを調べていた。人に何かを頼まれると断れない性格ゆえに、おそらく僕は、意に反して、ほんの数秒前までは嫌悪していたその椅子に座っていたのだ。責めるような視線とぶつかるのが怖くて、とてもじゃないが周囲に目を向けられない。

一方、その男はせっせと靴を磨いていた。半分に切ったレモンを搾り、古びた革を激しく擦る。その状況では、もう何があっても動じなかったに違いない。たとえ靴の上にバナナを押しつけられても驚かなかっただろう。彼はひたむきに心をこめて磨いていた。自信たっぷりに、完璧な仕草で、レモンを搾ることと様々なタイプのブラシで磨くことを交互に繰り返した。

遠くのほうで、蛇使いの笛が哀歌《エレジー》を奏でる音が休みなく聞こえる。僕は少し気持ちがほぐれはじめていた。二言三言、言葉を交わしたが、その男は何とも言えない作り笑顔を崩すことなく、自分の仕事に集中していた。黒っぽいクリームのようなものを古い雑巾で靴につけ、擦って皮にしみこませる。それから、小さなブラシで軽やかに磨きはじめた。

そうして僕の靴がだんだんと輝きを取り戻してくると、彼の微笑が大きくなり、輝くような白い歯がのぞいた。その白さは褐色の肌と対照的だった。僕の靴がまるでおろしたてのようになめらかでピカピカになったとき、その男の目は満足そうに光り輝いていた。

僕は最初に抱いた不快感を完璧に忘れていた。彼の喜びに感化され、ほんの十五分前まではまったく面識のなかったこの男に、突然深い親しみを覚えた。友情の波のような、心からの好意がこみ上げてくるのを感じていた。彼は僕に妥当な金額を提示し、僕は喜んで支払った。すると男は興奮冷めやらぬままに、ミントティを金属製の小さなカップに入れて、飲んでいけと言い張った。こうして引きつづき喜びを分かち合った。

そのとき僕は突然、つらい現実にも思える明白な事実に気づいた。この男は僕より幸せなのだ。教師という価値があるとされる仕事を持っていて、能力は乏しいがおそらくはずっと裕福な僕より、この男は幸せなのだ。全身から幸せが滲み出ていて、その幸せが彼の周囲に漂っていた。

四年前のこの出来事を思い出しただけで、目がうるんだ。

「あなたはなぜ、幸せを感じるためには、自分の能力を使い、挑戦することが大切だと僕におっしゃったのですか」

「それは、挑戦することで集中力が高まり、なすべきことのなかで自己の最善を尽くそうとし、そこからほんとうの満足感が得られるからです。挑戦してこそ我々は自分の活動能力を十分に発揮できるのです」

「あなたは、自分のあるべき姿と調和のとれた行動をするとき、人生はうまくいくのだともおっしゃいました。でもそれが今だとどうすればわかるのですか？」

「いいですか、あなたは今晩死んでしまうとしましょう。そしてそのことをあなたは一週間前に知ったとします。この一週間にやったことのなかで、もうすぐ死ぬとわかっていてもやっただろうと思うことは何ですか」

「うーん、難しい質問ですね」

「そうでしょう」

「あなたにお会いしたことを考えると、この一週間はちょっと特別でした。だから、もし死ぬとわかっていても、たいして変わらないと思います」

「それでは、バリ島に来る前の一週間にしましょう」

「ええと……それは……うーん……そうですね……」

僕は心のなかでその週のフィルムを巻き戻してみた。自分がしたことを時間を追って視覚化しようとしたのだ。そして、自分のとったそれぞれの行動について、一週間後に死ぬとわかっていたらそれをやっただろうかと自問してみた。答えを出すのにしばらく時間がかかった。

「おおよそですが、自分がしたことの約三十パーセントは、やはりやったと思います」

「ということは、もうすぐ死ぬとわかっていたら、自分がとった行動の七十パーセントはしなかっただろうということですか？」

「ええ、そういうことになります」

「それは多すぎます。かなり多いですね。意味のない行為をいくつかしているのは普通ですが、七十パーセントは多すぎます。ほんとうは、その数字が反対であるべきでしょう。つまり、自分の死が近いことを知っていても、普段しているとの七十パーセントは同じように実行すると言えなければなりません。それが、あなたの行動とあなた自身との調和がとれている証拠です」

「そうですね」

「それから、それはなすべき事柄の難しさには関係なく、そのことがあなたにとってどんな意味を持っているかによるのだと気づくでしょう」

「はい、まさにそのとおりです。異論はありません。しかし実際は、やりたいことがいつもできるわけではありません」

「人にはいつだって選ぶ権利があるのです」

「いいえ、もしも自分の意志に合うことしかしなかったら、職を失ってしまうかもしれません……」

「ということは、つまり、その仕事を持ちつづけるか失うかを選べるということです」

「もし失業したら、給料は少ないでしょうが、別の仕事を見つけるでしょう。そうすると、家賃が払えなくなる」

「そうしたら、そのアパルトマンに住みつづけるか、あるいは会社からは遠くなるでしょうが、もっと安いアパルトマンに引っ越すかを選ぶことができます」

「遠くへ引っ越したら、家族や友人たちががっかりするでしょう」

「それなら、その人たちを満足させるか失望させるかを選べます」

「そう考えると……」

「私はただ、決めるのはあなただと言いたかっただけです。人生のなかでは、たくさんの選択肢がないときもあります。そういうときはつらいでしょう。しかし、実際そういうこともあって、結局、あなたの人生を決めるのはあなたなのです。つまり、あなたにはいつだって選ぶ権利があるのです。そのことを覚えておくとよいですよ」

「ときどき、誰かほかの人が僕の道を選んでいるような気がします」

「それは、ほかの人にあなたの道を決めさせるということをあなたが選んでいるのです」

「ほかの人よりもたくさんの選択肢を持っている人がいるような気もします」

「人は成長するにつれて、自分で限界を決めてしまうことが少なくなり、そうすると、より多くの選択肢を持てるようになるのです。選ぶということは、自由だということです」

僕は、目の前に広がる広大な空間を見つめていた。さえぎるものが何もない、気が遠くなるほど広大な空間だ。地平線をぼんやりと眺め、無限の香りがするこの魅惑的な空気を胸に深く吸い込みながら、自由を夢見はじめた。

「いいですか」と老人が言葉を継いだ。

「自分は何らかの出来事やほかの誰かの被害者だと思っている限り、人は幸せにはなれません。大切なのは、どんな人生であれ、あなたの人生を決めるのはつねにあなただということを理解することです。たとえ職場では一番下っ端だとしても、あなたの人生においては、あなたが指揮官です。舵《かじ》を取るのはあなたです。あなたはあなたの運命の主人《あるじ》なのですよ」

「はい」

「それから、怖がってはいけません。あなたの価値感を尊重し、あなたの能力を発揮できる、あなたにぴったり合う行動を選ぼうとしたそのときに、あなたはほかの人たちにとって、とても大切な存在になるということがわかるでしょう。そうすれば、扉はおのずから開かれます。すべてがより簡単になり、もはや闘わずして前進することができるでしょう」

僕たちはしばらく黙ったままでいた。そして老人が立ち上がったとき、僕が沈黙を破った。

「航空券のことを問い合わせてみました。変更するとなると、高額な変更料金を支払わなければなりません。僕にとって大切なことを見つけるために明日も会う必要があるかどうか、今日になればわかるだろうとおっしゃっていましたが……」

「あなたにはやはり、重要な学習がまだ残っているように思います」

「それでは明日、午前中に会っていただけるのですか？」

「いいえ」

「しつこくて申し訳ありませんが、午後の飛行機に乗れるように、何とかお時間を空けていただくことはできないでしょうか」

「できません」

まったくついていない。僕は運命の選択を迫られ、激しく葛藤していた。おおいに心を動かされ、目覚めさせられる、老人との最後のセッションをあきらめるか、それとも、恐ろしく高額な料金を支払って、帰国を遅らせるか？

「あなたが僕の立場だったらどうしますか。飛行機の便を変更しますか？」

「選ぶのはあなたです」

老人は唇に満足そうな笑みを浮かべ、優しさに満ちた瞳で僕の探るような目をまじまじと見つめながら言った。

老人はどこまでも深い瞳をしていた。

老人はゆっくりと穏やかな足どりで、東屋のほうに去っていった。そして竹林に入ったとき、僕はその姿を見失った。

17
侵略者

六百ドル！　それじゃあ帰りの航空券をほぼ買い直すようなものじゃないか！　そんな無茶な……。すでにマイナスになっているに違いない銀行口座を、気が遠くなるほどのマイナスにすることになる。しばらくは銀行との関係が気まずくなるだろう……。それに、日曜日に飛行機に乗ると、疲れて家に帰ったあと、ほんの数時間後には仕事をしなければならない。どう考えても楽しくない。しかし、サンチャン先生のような人に出会う機会は、そうそうあるものじゃない。軽い気持ちで会いにいったが、高くついてしまった！

いったい、どうすればいいのだ。何を選んでもつらい結果になる気がして、心を決めることができなかった。

車に乗り、ウブド近くまで来た。決断を迫られていた。航空券を変更するなら、クタの旅行代理店に閉店前に着かなければならない。道を選ばねばならない場所に近づいていた。

変更した場合としない場合を秤《はかり》にかけてみた。だが無駄だった。どちらを選んでも、得るものと失うものがある。選べない。決心することが、まったくもって苦手だった。しかし、投げたコインの裏表で決めるつもりもない。それはあまりカッコよくない。五日間の自己啓発を受けたのだから、すべてを理解した状態で決心できる自分になっているはずだった。

僕の良心は結局、新学期の始まる学校に大急ぎで向かえば、自分を見つけるために一日を費やしても何とかなるのではないかと語りかけてきた。半年か一年もたてば、こんなふうにあれこれ悩んだことさえ忘れてしまうだろう。それに、きっとこれから長く、もしかしたら一生ずっと、あの老人が僕に教えてくれることから、個人的な恩恵を引き出すことができるだろう。

交差点に入ると、僕はクタを目指して、まっすぐ南にハンドルを切った。オスカー・ワイルドが言ったように、人は自分の過失だけは、決して後悔しないのだ！

メキシコの要人が、自国の負債が蓄積して深刻な状態だった時代に発したコメントを思い出した。ある記者が、負債が原因で安眠できていないのではないかと尋ねたのだ。すると彼はこう答えた。

「あなたは千ドルの赤字になったらきっと眠れなくなるでしょう。銀行家は一千億ドルの赤字になったら熟睡できないかもしれません。そう考えると、私の負債はおそらくまだまだ少ないものですよ」

クタまでは一時間近くかかった。

僕はクタが好きではない。僕にとってクタはバリではないのだ。観光客が最も集中する場所で、とくにオーストラリア人のサーファーがごろごろしている。夜になると、町全体が巨大なディスコに様変わりする。街を歩けば、必ずと言っていいほどジャワ人が近寄ってきて、ドラッグや娼婦はいらないかと声をかけてくる。お好み次第だ。

一九七〇年代、クタは三つのK、すなわちクタ、カトマンズ、カブールの輪のなかにあって、ヒッピーがたむろする有名な場所のひとつだった。二〇〇二年、欧米の退廃の象徴であるクタは、アルカイダの標的となり、最も残酷なテロのうちのひとつが起きた。

思っていたより時間がかかり、到着したのは夕方だった。あと十分で閉店だ。僕は旅行代理店のある一方通行の狭い路地に急いで入った。すると奇跡的に店の真ん前に車を止める場所が見つかった。そこまで行くと、僕はバックして駐車するためにいったん通り過ぎた。

ところがそのとき、後ろから来ていた車が間隔をあけて止まらなかったことに気づいた。僕がその場所に車を止めようとしていることは明らかだったのに、だ。前もって方向指示器を点滅させたし、それに駐車場所の前で車の向きをちょっと斜めにして、そこに車を止めようとしていることを示した。それなのに、その男は僕の後ろにぴったりつけて、バックの邪魔をしている。僕は斜めの位置をキープしたまま、こちらの意図を理解させようと方向指示器を動かした。が、どうにもならない。下がってくれない。

僕は窓ガラスを下ろし、頭を外に出して、そこに車を止めたいので、少し後ろに下がってくれないかと頼んだ。ほかの車は入ってきていなかったから、難しい話ではない。僕の言ったことを理解していたのは明らかだ。言葉だけでなくはっきりと身ぶりで示したのだから。

だが無駄だった。運転していたのは典型的な欧米人で、年は五十を過ぎたくらい、太陽を浴びすぎたブロンドの男と酒びたりの男に共通する赤ら顔だった。

そこで僕は気を取り直して、もう一度説明することにした。その男は、心のしなやかさなど微塵も持ち合わせておらず、つかんだものは決して手放さないというような頑固者に見えた。そういう態度をとることによって、なんと、無言の抵抗をしていたのだ。乗っている車と同じくらいどっしりしていて、地面に根を下ろしているかのようだ。

僕はもう一度身ぶりで示し、声をかけてみた。反応なし。鈍感そうな顔をして、肩を張って、腕を固め、大きな手でハンドルを握りしめている。男は身体全部で、負けてなるものかという意志表示をしていた。負けるということは、彼にとって、言うまでもなく、後ろに二メートル下がるという意味だ。

そのとき僕は思った。彼の人生において、他人との関わり方は力関係に支配されていて、おそらく彼は、誰かの要求に応えることは譲歩することになり、弱さを証明することになると信じていたに違いない。ああ、きっとそうだ。彼はきっとこんなふうに思い込んでいたのだ。

《人生、何事もされるがままでいてはいけない。決して譲ってはならない》

状況が違えば、それも面白いと思えただろう——もっとも、彼の周囲にいる人たちは毎日笑っているわけにはいかないだろうが。だが、旅行代理店はあと五分で閉まってしまう。選択の余地はなかった。何としてもそこに車を入れなければならない。ほかの場所を探す時間はない。

そのときふと、老人の言葉がこだまして聞こえた気がした。

「人にはいつだって選ぶ権利があるのです」

とっさに僕は、無言の抵抗には無言の抵抗で闘えると思い至った。エンジンを切り、ハンドブレーキを引いて、道をふさぐ恰好で車道のど真ん中に車を放り出した。そして店に駆け込み、すでに電源を落としはじめていた店員に、航空券を差し出した。コンピュータのキーボードがカタカタと音を立てる。

しかしそれもすぐに、鳴りつづけるクラクションの音にかき消された。少し不安に思いながらクレジットカードを渡し、カードの照会センターで拒否されないことを祈った。操作に少し時間がかかり嫌な予感がしたが、最終的には、僕がさらに貧乏になることをコンピュータシステムが受け入れてくれたとわかった。

こうして財布は軽くなり、ポケットに新しい航空券を持って、車に戻った。後ろの運転手は怒りで顔が真っ赤だった。何度も何度も思い切りクラクションを鳴らし、ようやくその手を止めたかと思うと、僕に罵声《ばせい》を浴びせた。そんな彼に、僕は精一杯の笑顔を向けた。しかしそれは彼の怒りを倍増させただけだった。僕が車を発車させると、彼は後ろから押すつもりなのかと思うほど、接近してついてきた。

まったくばかばかしい。

そのとき僕は、老人が教えてくれた、《選ぶ》という概念を完璧に理解した。

その運転手が自分の人格が原因で行動の選択ができなかったということは一目瞭然だった。彼は後ろに下がることも、交渉することも、じっと待つこともできなかった。強引に押し通すことしか頭になかったのだ。あの男は自由じゃなかった。それどころか、自己の思い込みに縛られていた。それは、疑いようのない事実だった。一週間前の僕だったら、ただ単に「なんてバカなヤツだ!」とつぶやいただろう。だが今は、彼の常軌を逸した態度は、知性とは何の関係もないとわかる。

これまでの僕だったら、おそらくは心が狭くて受け入れられなかったであろう行動を、理解していることが自分でも驚きだった。こういった理解や同情心という新しい感情に衝き動かされて、もっと人々を見つめ、もっと人々の話を聞きたいと思うようになった。そして人々の態度のもととなっているであろう思い込みがどんなものなのかを明かしてみたくなった。

海岸に行き、洒落たカフェのテラスに席を取った。お金の悩みがあるといつも、元気を取り戻すために投資することにしているのだ。

僕はチョコレートとアボカドのカクテルを注文した。意表をつく組み合わせだが、じつにおいしい。そして海を眺めながら、チーク材でできた肘掛け椅子にゆったりと座った。風が強いのだろう。波がとりわけ高い。一日の終わりの太陽が、オレンジ色のあたたかな光で海岸一帯を照らし、人々の顔も家々もより美しく見せている。

ビーチが海と僕のいるカフェのテラスをつなぐパイプの役割をしていて、カフェは徐々に活気づいてきていた。孤独を感じるわけではなくひとりでいられて、賑わいを見せはじめた宵《よい》の雰囲気を、傍観者として味わえるというのはいいものだ。

隣のテーブルで、ふたりの若者が話をしていた。女性のほうはそこそこ洗練された感じで、まあまあの美人だ。栗色の髪に青い目をしていて、その表情はややふてくされているように見える。男性のほうは、背はそれほど高くないが、がっしりしていて、首が太くて短く、褐色の髪を短く刈り込んでいる。彼女は彼をディックと呼び、前の晩に見たという影絵芝居の話をしている。感動したらしいことが伝わってくる。いくら芸術的とはいえ、たかが影の話で彼を感動させられるとは思えなかったが、男性のほうは彼女の話を真剣に聞いていた。おそらく彼は、彼女の感受性の豊かさに心を打たれていたのだろう。

恋人同士ではないような気がしたが、彼女のほうは彼に、おそらくまだ彼女自身も気づいていない感情を抱いているように見えた。彼は彼女をドリスと呼んでいたが、彼女のことをどう思っているかはわからない。ディックはじつにマッチョなタイプで、感動や感情というものをもともと備えているかどうか判断がつかないのだ。僕は、もしかしたら彼は、付き合っている女性の髪をつかみ、ベッドに引きずっていくような野蛮な男ではないだろうかと、ふざけて想像してみた。

その隣のテーブルに、ウブだけれどキザな感じのするサーファー青年が座って、ちびちびとコークハイを飲んでいた。じっとドリスを見ていたが、もしそれが別の女性だったとしても、彼は同じように興味を持っただろう。女なら誰でもいいというタイプに見えた。その青年と僕には共通点がひとつあった。隣のテーブルの会話を一言一句聞き漏らさぬように耳を澄ませていたのだ。

十五分ほどたったころ、ディックとドリスのところに同年代の女性がひとり、どうやら彼らとは面識がないらしい男性と連れ立ってやって来た。

「やあ、ケイト」とディックが言った。

「こんにちは、ディック。こんにちは、ドリス」

僕は即座に、ドリスがこっそりと心を閉ざすのを感じた。ムッとしたようにさえ見えた。明らかに、ドリスはケイトを嫌っていた。ふたりはどういう関係なのだ？

褐色の肌で、挑発的な態度のケイトは、美人というよりセクシーだった。ビーチ沿いを歩くには高すぎるヒールの靴、ミニスカート、豊満な胸。実際の胸はあまり大きくはなさそうだったが、聖なるワンダーブラが抜群の効果を発揮している。その証拠に、隣のテーブルに座ったサーファー青年の目が、あらわになったその胸もとに釘付けになっている。ケイトはコンプレックスなど感じたことがなさそうで、澄ました感じで、笑顔を振りまきながら話していた。

「ごめんね、遅れちゃったわ。ビーチから戻ってきて、着替えてたんだけど、荷物をどこに置いたか忘れちゃって。パンティが見つからなかったのよ」

サーファー青年は、彼女がなくしたそれを見つけられたのかどうか、知りたがっている。視線が胸もとからミニスカートに下がり、その答えが明かされる瞬間を狙っている。ドリスはさらに苛立ちはじめた。ケイトはそれを感じ取ったのか、満足げだ。

「こちら、ジェンズよ。ビーチで会ったの。ねえ、聞いて、すっごい偶然なんだけど、あたしたちふたりとも、マルボロライトメンソールを吸うの！」とケイトは言った。

痩せぎすで、頬がこけていて、人懐っこく微笑むジェンズは、〝ヨーロッパの小国〟の出身だと自己紹介した。デンマーク人だった。髪が少なくなってきたから、頭を丸めたのだろう。毛の薄さを隠すうまいやり方だ。けれど、濃いブロンドの口ひげがふさふさしている。頭のてっぺんの毛がないかわりに、口ひげをたくわえているのではないかと思ってしまう。それに、ささやくような小声で話すので、耳を澄まさないとよく聞こえない。何か質問されるたびに、どこか申し訳なさそうに、まるで自分を卑下するような謙虚さをもって答える。

そんな彼をディックは眉をひそめて見ていた。何の動物に似ているのだろうと考えているようにも見えた。彼にとっては、大の男がここまで控え目でいることが、異常に思えたのだろう。ジェンズは他人と衝突しないように気を配るあまり、存在感が薄くなってしまっていた。ものの五分もすると、誰もが彼の存在を忘れた。彼はもうそこにいないのと同じだった。

彼はなぜこんなふうに振る舞うのだろう？　いったいどう思っているのだ？《身をすくめていれば、そっとしておいてくれるだろう》などと考えているのだろうか。いずれにせよ、ディックとは正反対だ。ディックは《強ければ、尊敬されるだろう》と考えるタイプだ。

ジェンズはケイトを見つめてうっとりしていた。ところがケイトは、みんなに紹介しただけで、そのあとは彼に一瞥《いちべつ》もくれない。まったくの無視だ。それならなぜジェンズをここに連れてきたのだ？　自分に魅力があるということをみんなに証明してくれる、おめでたい男との関係を見せつけて、楽しむためだったのか？　実際、みんなの視線を独占しようと、精一杯がんばっているように見えた。ドリスもそう思っていたに違いない。というのも、苛立った視線のなかに、ときおり憎悪のきらめきが見えたからだ。

バーテンダーが注文を取りにきた。

「ブルーラグーン」ケイトが頼んだ。

「ソーダ水」ドリスが言った。

「何、飲む？」ディックがジェンズに訊いた。

「何でもいいよ」

「自分で決めろよ！」

「じゃあ、君と同じものにするよ」

「ビールをふたつ」とディックが言った。

ディックは満足のいく一日を過ごしたようだった。

「今日の波、よかったぜ。ほんと、サイコー！　いやあ、楽しかったなあ」

「自然の猛威を体感するのって感動よね」ドリスが言った。

「たしかに」ジェンズが口を挟んだ。

「アタシはぜんぜんだったわ！」ケイトが言った。

「オトコがふたり、しつこく誘ってきたの。もううんざり。つきまとって離れないのよ」

「サーフィンしてればよかったのに」ディックが言った。

「海の上にいれば、男は波しか見ないからね」

「いやよ、サーフィンはダメ。すぐ落ちちゃうし、腹打ちしたら胸が痛いでしょ」

隣のテーブルにいるサーファー青年の視線が、ミニスカートから胸もとにのぼった。

ドリスは闘わないことに決めたようだった。感受性が強くて、自分の本質を、そしてあるがままの自分を愛されたいと願うタイプで、それが高じて、気に入られる努力なんてしたら、人は自分という人間ではなく、努力した結果だけを好きになるのだとさえ思い込んでいるに違いない。

「ねえ、男の人が射精するとき、どうしてグッグッって動くか知ってる?」

ケイトが誰にともなく言った。周囲は気詰まりな感じと形勢をうかがう感じが半々の沈黙になる。

ディックはその質問を面白がって、オチを待っている。

ドリスの顔には、下品な言葉に対する軽蔑の色が浮かぶ。

ジェンズは善人面《づら》をして微笑んでいる。

「それはね、女の人がゴクゴクって飲むからよ」

ケイトはディックの視線を味方につけながら、そう言った。ジェンズはバカみたいに、ディックはくぐもった声で笑った。ドリスは呆気にとられている。サーファー青年は驚きがおさまらない様子だ。こんな女性は初めてなのだろう。口をぽかんと開けて、彼女の顔を食い入るように見つめている。ベッドで熱いタイプの女だと思ったに違いない。僕にはそこまでの確信はなかった。ケイトは男性の存在そのものよりも、自分が男性にどんな影響を与えたかということに興味があるように思えたのだ。

いったい何が彼女を、公衆の面前で猥褻《わいせつ》な話をするほどの挑発欲に駆り立てたのだろう。彼女は何を求めていたのだ？　自分自身や他人についてどんな思い込みをしていたのか？　おそらく彼女には本能的に、誰かを誘惑し、その性的欲望をかき立てたいという欲求があったのだろう。

僕はケイトには《誘惑できてこそ、わたしは存在する》、あるいはさらに

《男の人を魅惑できてこそ、わたしには価値がある》などという思い込みがあるのではないかと思いはじめていた。

いずれにせよ、彼女の攻撃的な誘惑は彼女が本気で選択した行為ではなく、彼女自身が囚われている欲求に応えた結果の表われにすぎないと感じていた。

彼らの話を聞きはじめたのは、ふと彼らの思い込みがどんなものかを探ってみたくなったからだったが、彼らの考えがわかってくればくるほど、人間は自由ではないと認めざるを得なくなり、悲しかった。自由ではないというのは、決して生来ずっと恐ろしい独裁者だということではなく、誰もが自分に対して、そして他人に対して、世界に対して思い込みを持っているということだ。

砂の上で、お父さんとお母さんが子どもたちのためにビーチ遊びの準備をしていた。僕は少しのあいだ彼らを見ていたが、親が自分の子どもたちに、ほかの子どもたちと競争するように仕向けているのが聞こえて驚いた。自分の子どもたちが楽しく遊ぶだけでは飽き足らず、ほかの子どもたちと争い、その子どもたちに〝勝って〟いなければ満足できないのだ。

この親たちは、どんな思い込みをしているのだろう。他人に勝つことで自らの価値を認められるというのか？　隣の人より結果がよくなければ、意味がないとでもいうのか？

僕は、意味のある闘いがあるとしたらそれは、自分自身との闘いだけなのではないかと思っていた。他人に勝つより、自分に勝つこと。

あの老人は僕に、思い込みの良し悪しを判断することはできないが、その結果に興味を持つことはできると言った。彼らはどういうつもりだったのだろうか。刺激を与えたかったのか？　きっとそうだろう。向上したいという意欲を与えたかったのだ。しかし、他人との関係にはどんな結果をもたらしただろう？　他人と自分を比較する習慣ができてしまったら、友情や愛情を持つことができるのだろうか。他人を前にして何を感じるのだろうか。優越感と劣等感のあいだで気持ちが揺れるのか？　無関心でいることと敬意を持つこと、あるいは同情と嫉妬のあいだで揺れる？

この両親は、自分たちが子どもにさせていることに疑いを持っていないし、それがこれからずっと子どもたちの社会生活に大きな影響を与えつづけることに気づいていない。彼らの意欲や振る舞い、そして感情は、こうして外部から提示されたお手本を吸収する時期に教えられた思い込みに支配されるのだ。

それにしても、この親たちはどのようにしてこの思い込みを培《つちか》ってきたのだろうか。彼らもやはり自らの両親にそう教えられたのだろうか。それとも、対抗心を持った人たちと対決して、屈辱を受けたと感じ、だから今こうして自分の子どもたちに支配的な立場に立たせたいと願っているのだろうか。もしそうなら、子どもたちの選ぶ権利はどこにある？　その子どもたちはむしろ典型的な侮辱者になるしかなくなってしまうのではないだろうか……。

近くにある、また別のテーブルにもお客が来ていた。物知り顔の男が女性と話をしていた。女性のほうは明らかに退屈していたが、それを隠し、男性の専門的知識に感服しているとうまく信じ込ませていた。男はどんな話題にも自分の博識をひけらかそうとする。女性のほうが話をすることはめったになかったが、何か話すと、男はその不明瞭なところを指摘し、そして非難していた。

僕はこの状況でほんとうにかわいそうなのはどちらだろうかと考えた。それほどまでにその男は、自分が博識であることを知らしめたいという横柄な欲求を持っているように思えた。それが彼にとっては死活問題だったのだ。彼は、知識を語っているときしか、自分の存在価値がないと思い込んでいたのだろうか。それとも、バカで教養のない者だとみなされるのを恐れていたのか。あるいは、彼の専門的知識を感じ取ることができない人たちには好きになってもらえないと思っていたのだろうか。だから、専門的知識を証明することを自分に強いていたのだろうか……。

これらすべての人たちに共通するのは、彼らが享受している自由が少ないことだ。思い込みに囚われていて、その思い込みが行動を制限し、選択の幅を狭めている。

僕は徐々に理解しはじめていた。そして今では、見知らぬ人たちの態度の基部に横たわっているであろう思い込みを感じ取るには、ほんの数秒間、その人たちの話を聞いたり、様子を観察したりするだけで十分になった。

僕は『インベーダー』（アメリカのテレビドラマ）のなかのデビッド・ビンセントだった。インベーダーは地球人になりすましているが、ビンセントは、手の小指がまっすぐで曲がらないのを見てそれが宇宙人だと気づく。宇宙人はいたるところにいて、地球を侵略していたのだ。

この地球は人々の思い込みに侵略されている。その思い込みはいたるところにあって、人々の行動を支配している。

僕はふたたび車に乗った。クタやクタにあるバー、きらびやかすぎる街の雰囲気から遠ざかるのがうれしかった。真っ暗闇の暑い夜のなか、バンガローに戻った。いつもと同じ沐浴が素晴らしいものに思えた。

土曜日

さよなら、
サンチャン先生

18

最後のセッション

土曜日は午前中が果てしなく続くように思えた。その時間を僕はビーチで、ぱらぱらと訪れては去ってゆく漁師たちを椰子の木陰から眺めて、じりじりしながら午後を待った。

賢者である老人が最後のセッションに残した〝重要な学習〟とは、いったいどんなものだろうかと考えていた。それに、今回が最後になるとは信じがたかった。老人に会って話すことが当然のようになっていたし、セッションのたびに新たな発見があったので、そのサイクルが終わりになるということがなかなか受け入れられなかった。

最初、僕はなぜこの治療師の老人に会おうと決めたのだろう？　ひょんな偶然から彼の評判を聞きつけ、とくに彼を必要としていたわけでもなかったのに、会いに行ったのだったか？

おかしなものだ、人生なんて。時にほんの小さな決心が、人生の流れに思いがけない結果を招くことがある。そして何年か後に、あのときそうしていなければ、もしほかの道を選んでいたら……、どうなっていただろうと考える。

気づかぬままに、どれほど僕はこのような機会をやり過ごしてきたのだろう。人生のなかの何千という小さな分かれ道で、僕はいったい何度、折悪しく、月並みなほうの道を選んできたのだろう。もう一方の道は素晴らしいものであったかもしれないのに。

僕は昼食を早めにさっとすませた。できるだけ長く話せるように、午後一番に老人に会いたかった。今回のセッションを最大限に利用したいという気持ちがよりいっそう強くなっていたのだ。それはこれが最後だからだったが、もちろん、つぎ込んだ費用のこともあった。

そして偶然にも、僕が乗るはずだった飛行機の離陸時間きっかりに老人の束屋に着いた。

庭は、初めて訪れたときと同様に簡素で美しく、エキゾチックな花々の繊細な香りがした。なかに入ってみたが、一見したところ誰もいないようだった。いつも通される東屋は空っぽだった。物音ひとつしない。たぶん早く来すぎたのだろう。僕はぐるっと歩いてみた。

しかし、誰もいない。そこで僕は入り口近くの縁石に座って待った。あたりはひっそりと静まり返り、聞こえるのは木々の葉の揺れる音と、きっと屋根組みに隠れているのだろう、聞き慣れたヤモリの鳴き声だけだ。こういった静寂は、心をじつに穏やかにしてくれる。僕はそのとき初めて、自分は賑やかな都会で生きることに向いていないのではないかと思った。

ゆうに二十分はたったころ、髪を後ろに結わえたいつもの女性がようやく現れた。彼女のほうに歩み寄ると、僕が訊くより先に彼女が言った。

「サンチャン先生は、今日はいらっしゃいません」

「いや、たしかに午前中は空いていないと聞いていましたが、午後は会ってくださる約束でした。あなたにはおっしゃらなかったのでしょう。先生を呼んでいただけませんか」

「いえ、先生はいらっしゃいません」

「じゃあ、遅れていらっしゃるのでしょう。それなら、東屋で待たせていただきます」

僕は立ち上がりながら言った。

「いいえ、今日はお戻りになりません。お出かけになるときに、明日戻るとおっしゃっていました」

「何かの間違いです」僕ははっきりと言った。

「先生とお会いする約束をしたんです。お忘れになるはずがない」

「先生はお忘れになったわけではありませんが、ここにはいらっしゃいません。ですから、お会いになれません」

彼女は僕の狼狽をよそに、いつもと同じように、ごく自然にそう言った。

「忘れていない？　どういうことですか？」

僕は怒りがこみ上げてくるのを感じながら訊いた。

「たしかに、今日の午後あなたがいらっしゃるとおっしゃっていました」

「いったいどうなってるんだ！」僕は声を荒らげた。

「僕は言われたとおり航空券を変更したんだ。わざわざ、先生に会うために。先生に会わなければならないんだ。先生はどこだ？」

「わかりません」

事態が把握できなかった。悪い夢を見ているような気がしていた。

「僕に伝言はありませんか」

「手紙をご覧になっていないのですか？」

「どこに……」

「東屋のなかです」

僕は走った。ことの成り行きにうんざりしていた。なぜこんなことを？　老人は僕が航空券を変更するためにどんな犠牲を払ったかを知っているのに、どんな言い訳があるというのだ？

手紙はあの楠の箱の上に置いてあった。黄ばんだ紙が四つに畳んであった。僕は急いで駆け寄り、手に取って開いてみた。老人の細くて曲がりくねった文字だった。


失望、困惑、おそらく怒りさえ感じながら、このメッセージを手に取られたことでしょう。その心を持ってあなたは、新しいあなたへと変わっていくのです。新しいあなたには、もはや私は必要ありません。私の存在がなくとも、あなたは飛躍してゆけるのです。

あなたは今日ここへ来ることを決心するにあたって、あなたにとっての重要な学習を成し遂げました。これまであなたにひどく欠けていた能力を引き出すことができたのです。

その能力とは、苦痛を伴う選択をする、つまり何かをあきらめるという能力です。あなた自身の道を進むために何かを犠牲にする能力ともいえるでしょう。あなたの開花を妨げていた最後の障害物をこうして打ち砕き、その能力を得たのです。

今のあなたには力があります。そしてその力は、一生失われることはないでしょう。幸せへと続く道では、自らの最も奥深いところにある意志が強く求めるものに従って、時に安楽を捨てることも要求されるのです。

それでは、お気をつけて。

サンチャン

しばらくは言葉が見つからなかった。

怒りが驚愕《きょうがく》に変わり、驚愕が疑念に、疑念が理解に、理解が受容に、受容が感謝に、そして感謝が賛美に変わった。

老人は僕が憎むだろうと、そして許すことさえないかもしれないとわかっていながら、大胆にも僕に試練を課したのだ。

彼がそうしたのは、飛躍するには理解するだけでは足りず、考え方に賛同できたとしてもそれでは不十分だとわかっていたからだ。何か強烈なことを、自らが懸命になれることを体験しなければならず、そのチャンスを彼は僕にくれたのだ。

老人は今日ここにいないことで、僕からの別れの挨拶もお礼の言葉も、僕が老人から受けたすべてのことに対する感謝の気持ちも受け取ることを拒んだ。そして、その行為によって老人は、僕に教えてくれたことを身をもって示し、自らのメッセージの力をさらに強くしたのだ。見事だった。

僕はしばらくひとりでいて、意味深いこの場所の独特の雰囲気を最後に心ゆくまで味わった。そして両手を首にまわし、下げていた十字架のペンダントをはずした。その十字架をそっと手に持つと、棚の上の、あの小さな箱のなかに入れた。

19

山に登る

僕はふたたび車を走らせた。途中の村でリュックに食糧を詰め込むと、あとは大急ぎでまっすぐに北へ向かった。

三十分後、僕は車を止め、靴ひもを締め直し、リュックを背負って、山の小道に入った。何分か歩いただけで猛烈に暑さを感じ、玉のような汗が額に浮かびはじめた。太陽の光をさえぎるために手をかざして目を上げた。圧倒的な高さから僕を見下ろす、雄大で、じっと動かない、永遠の存在のようなスクウオ山がそこにあった。

登頂には四時間近くかかった。努力と、そして時に苦痛の四時間だった。山道は険しく、息が切れることもあった。ところどころ山腹に沿った平坦な小道があり、何という名前だろうか、熱帯の小低木の香りを胸いっぱいに吸って、活力を取り戻した。高く登れば登るほど、眺めが素晴らしくなっていった。頂上に着いたとき、僕はエネルギーを使い果たし、へとへとになっていたが、深い充足感で満たされていた。怠惰な心に打ち勝ち、気力と体力を集中させ、決心したことを最後までやり遂げたのだ。

船の舳先《へさき》に立つキャプテンのように、スクウオ山の頂上に立つ。僕はもう何だってできる。数キロメートルに渡って広がる地面や水田、森を見下ろす。風が耳もとでうねり、僕の心を冒険へと湧き立たせる。

新しい人生が始まった。これからは〝僕の〟人生だ。僕が決め、僕が選択し、僕が望んだ人生なのだ。

疑念やためらい、評価されることへの恐怖、自分にはできないのではないかという不安、もし好きになってもらえなかったらという心配とはお別れだ。つねに良心に従い、自分自身や自己の価値観と調和を取りながら生きていく。愛他主義は変わらないが、周囲の人への一番の贈り物は自分自身の精神の安定だということを決して忘れないだろう。困難なことも、避けては通れない試練、自分が飛躍するために必要なことを学ぶために人生が与えてくれた贈り物だと思って受け入れるだろう。

僕はもう様々な出来事の犠牲者ではなく、ゲームの立役者なのだ。そのゲームのルールは徐々に明らかになるが、何のためにそのゲームがあるのかというその目的は永遠に謎だということも知っている。

下りは速かった。僕は回り道をして、山すそに広がる湖のほとりに腰を下ろした。その湖の上には、水の女神の神殿が建っていた。神秘的で、途方もなく美しい場所だった。

太陽が人けのない湖に沈み、やがて姿を消すと、あたりの景色は幻想的な雰囲気に包まれた。暗い水の広大な広がりはスクウオ山の巨大な影に覆われている。住居ひとつ見えない。人ひとりとしていない。完全なる静寂。パゴダ風の屋根組みの黒い神殿は、湖面に映る白い雲の上に、影絵のように浮かび上がっている。

僕は長い時間そこに座って、静謐さを味わい、静寂と美に満たされていた。

夜になり、バンガローに戻った。バリ人の多くはライトをつけずに車を運転するので、それを避けるために意識を道路に集中させた。したがって、帰り着いたときには疲れ切っていたが、心は軽くなっていた。

僕はまた海岸に向かった。昇っていく月の光が、優しく癒やすようにビーチを照らしている。誰もいない。漁師の家族たちはもうずいぶん前にここを去ってしまっていた。

僕は衣服をすべて脱ぎ捨て、真っ裸になって、なまぬるい水のなかに入った。そして静かに、全身の力を抜いて、自由に、水が身体の表面を滑っていくのを感じながら泳いだ。ゆるやかな波の動きに合わせて自分も揺れているような、そして広い海に溶けていくような気がした。

空気を大きく吸って身体を水に沈め、底に向かってゆっくりと潜る。膝を胸に寄せて身体を丸め、両手でしっかりと抱え込む。そしてそのままずっと、なまあたたかくて心地よい水に浸って、水面《みなも》の波の遠くかすかな音や、規則正しく穏やかな拍動を感じながら、無重力状態で浮いていた。

エピローグ

20

人生を選ぶのは誰か

目を覚ますと、僕は砂の上にいた。すでに太陽が昇っている。ビーチで眠ってしまったという記憶がなかった。しかし、衣服を身につけているところをみると、夜の沐浴のあいだに、波に運ばれて打ち上げられたのではないらしい。僕は起き上がり、沖からやってくる澄んだ空気を胸いっぱいに吸い込んで伸びをした。新しい自分になった気がしていた。

漁師たちの丸木舟が、朝の水平な光に照らされながらすでに戻りはじめていた。僕は砂に足跡を残し、水際に寄った。しかしその足跡は、やがて波が来れば、海の水の優しいささやきのなかで消されてしまう。沖には大型客船が見える。スラウェシ島やジャワ島、ボルネオ島に向かう数百人の客を乗せて航行している。

ふと気づくと、小さな女の子がひとり砂浜にいた。おそらくここにやってきた数少ない観光客のうちの誰かの娘なのだろう。五歳か六歳だろうか。棒を持って、砂の上に何かを懸命に描いていた。

女の子は、僕が近寄っていくのに気づいたようで、そばまで行くとニコッと短く微笑み、またすぐにお絵描きに戻った。

「これは何？」僕はたずねた。

「お船よ」女の子は絵を描く手を休めず、すねたように答えた。

「船が好きなの？」

「うん。前はね、船長さんになりたかったの」

「今は違うの？」

「うん、だって、わたしにはむずかしすぎるから」

女の子は残念そうにそう言った。

「どうしてそう思うの?」

「おじいちゃんがそう言ったから。おじいちゃんがね、それは男の子の仕事だよ、女の子の仕事じゃないよって言ったの」

女の子は、今度はちょっと悲しそうな表情でそう答えると、船の絵をていねいに仕上げた。その悲しげな様子に、僕は胸が張り裂けそうになった。

「名前は何ていうの?」

「アンディ」

「いいかい、アンディ、こっちを向いて」

女の子は棒を投げ捨てて、僕のほうを向いた。僕は砂に膝をついて、彼女と目線を合わせた。

「きっと君のおじいちゃんは、君のことが大好きで、君に幸せになってほしいと思っているんだよ。でもね、いいことを教えてあげる。ずっと君だけの秘密にしておくんだ。約束できるかい?」

「うん」

「アンディ、どんなことも、君にはできないなんて、絶対誰にも言わせちゃいけない。君の人生を選んで生きていくのは君自身なんだ」

アンディは僕の目を見つめ、しばらくじっと考えていた。そして、深刻な様子がだんだんと消え、自然と口もとがほころび、満面に笑みが広がった。アンディは沖合を見つめながら、しっかりとした足取りで去っていった。その視線の先には大型客船が浮かび、水平線に向かって白い尾を引いていた。

訳者あとがき

会社勤めをしていた頃、心の中に何かすっきりしないものがあって、同僚と街角の占い師を訪ねたことがあります。占い師に人生を決めてもらおうなどと思ったわけではないし、言われることすべてを信じたわけではありませんが、そうすることで気持ちに弾みがついた、という記憶があります。だからでしょうか、この主人公に、冒頭から惹かれました。

原書は、二〇〇八年二月、フランスのアンヌ・カリエール社から出版された《L'homme qui veulait etre heureux》（「幸せになりたかった男」）です。

一カ月間の休暇をバリ島ですごしていた主人公が、帰国の一週間前に、評判の老治療師（後に主人公にとってのスピリチュアル・マスターとなる）に会いにいき、教えを受けて、「幸せ」をつかもうと奔走します。

人によって「幸せ」の定義は違うでしょう。しかし、「幸せ」を望む気持ちは誰にでもあるはずです。その一方で、人は無意識のうちに、「幸せ」になることを邪魔する「思い込み」を持ってしまっているのだと、バリの賢者は言います。

人生にこれといった不満はない。それなりに楽しく生きている。でも、どこか満たされない気がしている――としたら、それは、あなたの「思い込み」が原因かもしれません。それなら、その「思い込み」をどうすれば捨てることができるのでしょう。

ページをめくるうちに、実直でどこか滑稽な主人公に親しみを覚え、バリ島の美しい自然に心を洗われ、数々のエピソードに笑い、心がほぐれて、いつのまにか自分が賢者である老人のセッションを受けているような気分になります。

人は生かされているのか、それとも自らが選んで生きているのか……。

主人公と老治療師との出会いは、ふとした偶然にも思えますが、やはりそれは「僕」自身が選んだ人生の道すじにおける出来事です。自分自身のこれまでの人生を振り返ると、さまざまな人や物との出会いが人生の転機だったと感じることがいくつかあります。それはすべて自分が選んで歩いてきた道。

読者の皆様には、主人公とともに、ほんのひととき、バリ島でのバカンスを楽しみ、前向きに生きるエネルギーをつかんでいただけたら、これほどうれしいことはありません。

なお、スクウオ山（原書の表記は「mont Skouwo」）についてですが、該当する山・地名とも確認できなかったので、インドネシア共和国文化観光省に問い合わせたところ、バリ島北部の有名なバツール山の少し北西、Penulisan 山のあたりに「Sukawana」という地名があるという回答をいただきました。著者の聞き取り間違いの可能性もあると思われますが、とりあえず本書の文中におきましては原著を尊重し、そのままの表記にしました。

河村真紀子

ローラン・グネル (Laurent Gounelle)

自己啓発の専門家。カリフォルニア大学サンタクルーズ校で人文科学と認識論を学んだのち、アメリカの神経科学の専門家やペルーのシャーマン、バリ島の賢人など、特異な医療活動を行なう人との出会いを求めて世界中を旅した経験がある。現在はクレルモンフェラン大学講師。講演活動やカウンセラーとしての仕事も行なっている。
処女作である本書は、フランスでベストセラーとなった。

河村真紀子 (かわむら・まきこ)

フランス文学翻訳家。大阪外国語大学フランス語科卒業。おもな訳書にミュリエル・バルベリ『優雅なハリネズミ』、ファイーザ・ゲンヌ『明日はきっとうまくいく』(ともに早川書房)、マルタン・パージュ『たぶん、愛の話』(近代文藝社)などがある。

本書は、2009年3月に小社より刊行された単行本を文庫化したものです。

二見レインボー文庫

バリの賢者《けんじゃ》からの教《おし》え

著者　ローラン・グネル
訳者　河村真紀子《かわむらまきこ》

発行所　株式会社 二見書房
東京都千代田区三崎町2-18-11
電話 03(3515)2311［営業］
03(3515)2313［編集］
振替 00170-4-2639

印刷　株式会社 堀内印刷所
製本　株式会社 村上製本所

ISBN978-4-576-15115-1
http://www.futami.co.jp/